KB166699

쉼없이 네가 희망이면 좋겠습니다

쉼없이 네가 희망이면 좋겠습니다

백우인 시집

1판 1쇄 발행 | 2022. 1. 25

발행처 | **Human & Books**
발행인 | 하응백
출판등록 | 2002년 6월 5일 제2002-113호
서울특별시 종로구 삼일대로 457 1409호(경운동, 수운회관)
기획 홍보부 | 02-6327-3535, 편집부 | 02-6327-3537, 팩시밀리 | 02-6327-5353
이메일 | hbooks@empas.com

ISBN 978-89-6078-755-1 03810

쉼없이 네가 희망이면 좋겠습니다

백
우
인

시
집

시인의 말, 하나

북극성과 카시오페이아가 하늘을 지키고 있을 즈음,
다급한 소방차의 사이렌 소리가 천지를 흔든다

보려고 해야만 보이는 세상
있던 세상을 삼키고
세상 전면에 등장하는 소리

그곳에서 들려오는 너의 인기척
잠든 세상을 깨우는 비상경보음

시인의 말, 둘

이맘때였다
나무들에서 별 같은 잎이 흙으로 쏟아지는 무렵
몸이 불룩해진 노란 쌀가마니가 경운기에 실려와서는 창고에 차
곡차곡 쟁여지고 있었다
내 새끼 입으로 밥 들어가는 것 보는 것이 오직 낙인 사람
가진 것이라곤 순박한 정성 밖에 없어
등이 휘도록 흘린 땀이 언어가 된 사람
그 사람, 아버지

땅은 가난한 이들을 나직이 곁으로 부른다
가난은 삶의 제단 위에 피 같고 목숨 같은 땀을 제물로 바치고
신은 뽀얀 쌀알들로 그 위에 세례를 베풀면
쌀알들은 신이 된다
아빠는 그것을 알고 있는 사람이다

눈 속에 쌀 꽃들이 피어있는 아빠가
그 눈으로 나를 바라 봤고
내 눈 속에는 시가 담겼다

쟁기질로 드러난 여리고 촉촉한 붉은 속살의 흙 닮은 아빠 얼굴은
순하고 욕심 없는 그러나 강직한 낮은 자들의 왕
이제껏 본 적 없는 가장 깨끗하고 정갈한 시다
백우인은 그날의 시를 쓰고 있는 중이다

2022. 1.

차례

3부

1부

살기 천재

사소한 순간들
모아져 쌓이면
멋진 것을 낳지

무심한 순간들
스치고 닿으면
영롱한 것이 반짝이지

희미한 순간들
긁어다 펼치면
당돌한 것이 생글거리지

덮어둔 순간들
끌어다 품으면
짭조름하게 침이 돌지

단단한 침묵의 밤
무릎 모아 웅크리면
맑은 햇살 문 두드리지

모든 게 퇴비야

그림자

내게서 네가 걸어 나온다
누에고치 몸이 된 내가 또각 또각 숨을 쉴 때마다

등을 열고 나와 내 발자국에 눕는 너
젖은 솜이 된 너를 두고 올 수 없어
손을 내민다

옆구리에는 반만 비집고 나온 네가 있어
가난한 내가 차지한 세상의 부피를 늘린다
배짱 두둑히 생기는 우리들

또각 또각 또각
밤들이 걷는다
하루치의 삶을 살아내고

휘청 휘청 걷는 외로운 밤
통증으로 일그러졌던 하얀 밤
공처럼 몸을 말고 신음하던 밤
곪힌 상처 위로 고름이 차오르던 밤
세수한 말쑥한 마음으로
홀로서기 하는 밤

짙어진 어둠 속
길어진 다리로 허청거리며
내 길을 먼저 내어 주는 너
양 어깨에 매달린 고단함을 내 대신 거뜬히 짊어지고
앞장을 서는 너

세상이 노랑부리저어새로 태어나는 날

그대가 보고픈 날
나는 다락방이 되곤 해
다락방이 된 마음
달에 남겨둔 덩그란 매의 깃털이지

깊어진 늪지 눈빛 너
노랑부리저어새가 되고 싶은 나
쉼 없이 좌우로 부리 저어
내가 찾고 있는 것은
언젠가 떨어뜨린 너의 희망이야

겨울 하늘 거니는 홍학
산통을 겪느라 회색빛으로 야위고
하얀 솜털가루 날리는 하늘
백색 소음 같은 신음
무엇인가 태어나려고 하는가 봐

마른 침을 삼키는 나무들
길게 누워 금줄 뜨락을 만드는 그림자
시간에 늘어뜨려 걸면
아폴론의 리라 선율이 귓가에 들려

검은 눈
잘 다듬어진 검은 다리
때 이른 개나리꽃 물들인 부리
맨살 세상이
하얀 겨울 깃을 쓴
노랑부리저어새가 되었어
네 희망을 꺼내 주려는가 봐,
곧

어때서?

가만히 톡 건드리기만 해도
터져버리는 꼬투리
씨방 깊숙하게 넣어둔 씨앗이
용수철마냥 튕겨 나온다

쏟아져 나오는 네 얼굴들
온 천지에 피어날 너

쪼글거리면 어때?
작으면 어때?
늦어지는 게 어때서?
이상한 건 없어

지금 선물 같은 그대를 만나러 갑니다

이른 아침 새물내 나는 해가 떠오를 때
그대 얼굴 함께 떠오릅니다

설레여 지붕 위를 나는 것만 같고
온통 까치발자국이 새겨진 내 마음 밭으로
그대가 걸어들어 옵니다

태초의 역사를 품고 미래를 잉태한 채
숨막히는 '지금'의 시간으로 우주가 옵니다

부담스럽고 버거워서 멀리 두어야
내가 살 것 같은 사람 말고,
생각지도 않은 선물이 되고 싶습니다 그대에게

그대에게 가는 길입니다

흘러가는 시간 속에서
내가 그대에게 그대가 내게
선물이 되면 좋겠습니다 오늘은

용담꽃 얼굴 아침이 도착하는 때

아침이 울릴 것이다
세 때 반, 두 때, 한 때
공기도 숨을 죽인다

땡 땡 땡

드디어 내 차례
내가 아침을 받을 차례다
뽀드득 비누 향 나는 얼굴로 도착한 지구 반대쪽 밤

누군가 내게 던져준 아침을
밝은 햇살얼굴로 기쁘게 지낸 다음
또 누군가에게 교대해 주어야지

얼룩지고 구겨진 것들 잘 다려서
파아란 용담꽃 얼굴로 주어야지

날갯짓하는 새떼들은 암시랑토 않다

주저없이
사정없이
맞부닥뜨리는 새떼들은 암시랑토 않다

심장이 쪼그라들다가 사라져 버릴 지경이어도
그 순간 너머를 향해 곧장 몸을 날리는 타나토스

엄습해 오는 두려움은 차라리 불안
가고 있는 이 길의 막다른 곳에 아무것도 없을지 모른다
불안은 끝없는 심연

그러나
날갯짓하는 새떼는 암시랑토 않다

자작나무와 미풍

미풍이 불어요
숲길로 초대하는 서늘한 바람입니다
억새풀의 율동이 저렇게 고왔었다는 것을 새삼 느끼며 마음을 잠시 맡겨봅니다
삭~~사~악~ 한복자락 스치는 소리에 걸음마저 맡깁니다

미풍이 불어요
지붕 위를 붕붕 날고 있는 샤갈과 그의 연인 벨라의 행복이 묻어 있는 바람입니다
사랑하는 이들의 고백은 자작나무 껍질에 새겨야 합니다 그곳은 순도 높은 고백들이 지워지지 않아, 영원한 현재로 지속되죠 그래서 자작나무 껍질에 불을 붙여 화촉을 밝히고 언약식을 치르는가 봅니다

미풍이 불어요
폭삭하고 따뜻한 이불 감촉을 불러오는 바람입니다
자작나무 숲은 어린 날 기억 속에 있는 엄마의 품속 같습니다 나비가 꽃잎 속에 파묻혀 언제까지고 꿀을 빠는 것처럼 엄마 품속은 한 번 들어가면 나오고 싶지 않은 곳이니까요

미풍이 불어요

억새풀 밭을 지나 자작나무 숲길로 부르는 바람입니다 그곳은 어른의 옷을 입고 있는 우리들을 재잘거리는 작은 꼬마들이 되게 합니다 자작나무를 안고 있으면 긴 대롱을 따라 물 올라가는 소리가 들립니다 그 소리는 잔잔한 물결 같은 엄마의 심장 소리랑 닮아 있습니다

미풍이 불어요

바람이 불어와 자작나무 잎사귀를 간지럽히면, 키득키득 거리는 천진난만한 아이들의 꿈방울 같은 말풍선과 웃음소리가 들립니다 손가락 카메라에 잡힌 자작나무는 천상의 피사체입니다 아름답지 않은 모습이 한 군데도 없어요 그대처럼요

초상화

그대 시선과 표정은 암호
침묵 속에서 조고조곤합니다
세상에서 당신 이야기만큼 중요한 것이 없어
나는 귀가 되고 싶습니다

눈을 깜빡일 때마다 모여드는 반딧불이
셔터가 눌러지고
내게로 걸어오는 당신 삶이 찍힙니다
당신이 맞서야 했던 바람
당신의 두려움
당신을 키운 양분
당신 너머 당신까지
현존 속에 홀연히 드러나는 부재
나는 눈이 되고 싶습니다

도화지 속으로 들어온 당신
윤슬로 씻은 얼굴 위에
초록빛 물감을 풀어 명랑한 미소를 그립니다
당신이 계셔 하무뭇한 세상입니다

볕 아래서

햇살이 펼쳐지는 하늘을 향해 얼굴을 들면
저절로 감겨오는 눈
가까이 있어도 아득히 멀게 느껴지는 내일의 아우라

하늘 저만치에서 가물거리는 소실점 너머
너보다 네 그림자 먼저 걸어 나와
주저앉은 내 시작을 일으키곤 하지
생의 부력을 위한 도취의 힘들

고상고상한 밤 마음 속 굴렁쇠
스러지며 증발하는 알량한 방울들
시작을 알리는 눈짓한다

하늘 놀이터

하늘을 덮고 누운 나무벤치
무궁한 이야기보따리를 구름에 쏘아 올리면
시시각각 변신하는 하늘

먹이를 방금 물고 강에서 튀어 오르는 물총새
구름 아래를 가로질러 가는 유리 딱새 뒷모습
무엇이라도 창조되는 넓디 너른 하늘 공간

눈 깜짝 하는 사이 꽃인가 싶으면 머플러
하트모양 구름에 화살이 꽂히기도 전에 포르릉 비둘기 날갯짓
네 얼굴 물고 오는 제비
환하게 번지는 해 닮은 소년
다채로운 퍼포먼스가 펼쳐지는 마술사의 세상

바람이 먼저 참새 말을 걸어오면
구름이 까치 수다로 응답하네
베토벤의 스프링 소나타 1악장을 연주하는
바이올린과 피아노의 신나는 하늘 놀이터

새들의 나라와 붉은 들판

밤새 긁힌 얼굴을 한 강물이 더딘 아침처럼 내게 오고 있었고
낡은 혀들에 닳아버린 정신이 떠다니고 있었다

뒷걸음으로 네 걸음쯤 갔다가 힘껏 앞으로 굴렀을 때 그네는 공중
으로 날아올랐다
솟아오르면서 극복하고 싶은 네 생의 욕망처럼
너는 태양을 욕망하는 바다

놀이터에서 꼬마 아이들이 그네를 타면서 왜 참새처럼 재잘대고
굴뚝새 노래소리가 나는지 알 것 같다
공중은 가벼워진 새들의 나라
내게서도 어느새 갈대숲에서 들었던 개개비 노랫소리가 난다

쿵쾅 쿵쾅
심장에서 종이 울린다
작열하는 여름의 심장이 온 세상을 붉게 물들인다
들판은 정오의 태양 아래 선 이들의 나라

마주 잡은 손이면 되지요

오월을 보내는 마음이 참 여러 빛깔입니다
담장에 붉은 장미가 붉은 몸살을 앓고 있을 때
아카시아 꽃잎들은 안녕을 말하며 희미하게 웃어야겠지요

양귀비가 하늘을 향해 마음이 부풀어 있다 한들 소용없지요
하늘은 나그네인 걸요
나그네가 머무르는 법이 있답니까?
바람따라 흐르는 게지요

유월이 밀고 옵니다
초록은 점점 깊어지고 장미는 더욱 붉어지고
그대 미소는 더 풋풋하여지고 하늘은 더욱 푸르러만 갑니다
해맑게 웃는 은방울꽃 속에 다정한 그대 얼굴이 보여요

내 유월은 아마도 허공에 있겠습니다
벌들의 매혹적인 춤을 보았으니 어떻게 가만히 있겠어요
나와 비슷해진 파동으로 파원을 그리고 있는
그대를 알아버렸으니 어찌 잠잠할 수 있겠어요

장미넝쿨 가득한 날,
분수가 쏟아지는 한 낮에 비눗방울 거품이 된 듯이
나는 시를 읽으면서 날아오르고 또 날아올라
기쁨을 터트리고 있을 테지요

유월은 그냥 푸르기만 하기로 해요
마냥 붉어지기로만 해요
순수하고 화사한 향기만 내뿜기로 해요
약속이 무슨 소용이랍니까
고백이 무슨 소용이랍니까
그냥 마주 잡은 손이면 되지요

꿍꿍이 꽃

돌 틈에 피어난 작은 꽃들은
그냥 지나치기가 쉽지 않다
잠시라도 쪼그리고 앉아 들여다봐야 할 것 같다

키가 큰 꽃들은
지나가는 길에 휘익 지나쳐 가도 발걸음을 붙잡지 않는다
향기만 묻혀 오고 꽃잎은 잔상에서 사라진다
양지바른 길가에서
응달진 곳 꽃피우지 않는 풀들 속에서
여린 숨처럼 피어난 꽃들은 눈망울 가득 담겨온다

별을 품고 있는 아이들일까?
고양이가 된 듯 가장 낮은 자세로
작은 꽃들을 눈에 담고 있으면 침묵의 온도가 느껴진다
냉랭하고 차가운 침묵은 슬프다
검은 사멸을 떠올리게 한다
따뜻하고 온기 있는 침묵은 간질거린다
무언가 곧 쏟아져 나올 것만 같다

별을 가득 품은 꽃들
작지만 간질거리는 꿍꿍이 꽃들
불꽃놀이 하듯 기쁨을 뿜어낼 꽃들 속에서
너를 본다

소진 消盡

하얀 소금 얼룩
어둠의 허리를
기력이 다한
새우등으로 끌어안는다

물색 하늘
윤곽 없는 구름이
무게 없는 마음 따라
외로운 벼랑으로 걷는다

홀로세 들판
싱싱한 바람 헤집고
녹슨 기억 속 달려와
고단한 지붕
소복한 흰 눈이 덮는다

연과 나

독수리 연이 바람타기 하느라 신이 났고
실타래를 손에 들고 달리는 나도 신이 났다
연과 나는 바람을 가르고 그대로 달리다 보면
보이지 않는 막을 열고 밖으로 나갈 수도 있을 것 같았다

싱싱한 숭어처럼 연이 팔딱거린다

바람 부는 대로 마음껏 허공을 차지하는 독수리 연
실을 풀어 주고 더 풀어준다
연은 공중을 날아야 비로소 연이 된다

다녀 와
보고 와
보이지 않는 곳까지 날아간대도
네가 돌아올 수 있도록 구심점이 되어줄게

종이비행기와 미풍

　미풍이 불어요

　빨간 네모칸이 가지런한 원고지가 살랑입니다

　원고지 위에 편지를 쓰려고 책상 앞에 앉아 마음을 모아봅니다 만년필로 쓰여진 글자들은 마음에 영글어 있던 열매들이어요 계절 내내 품고 보살피고 키워낸 마음의 열매가 여러 가지 빛깔과 맛이 배여 제법 익었습니다

　미풍이 불어요

　바람은 혼자 불지 않습니다 독특한 향기를 묻히고 오죠 또박또박 채워지는 칸마다 그대 얼굴이 스칩니다 정성스럽게 마음을 담고 책갈피에 끼워둔 코스모스도 함께 보내려고 해요 블루마운틴 커피 콩을 담았던 봉투에 두툼하게 접혀진 편지를 넣어두려고 합니다 그리움의 향기를 묻혀주려고요

　미풍이 불어요

　오늘 같은 바람이면 한나절도 안 되어 그대에게 편지가 전해지겠습니다 편지에 마음을 담아 보낼 수 있으려나요? 하고 싶은 말을 짐을 싸듯이 개키고 개켜서 가벼운 척 몇 문장에 실었거든요 너무 많아서, 너무 거대해서, 너무 무거워서 반송되면 어쩌나 싶습니다

미풍이 불어요

10월 어느 날이라고 끝인사를 쓰는데 울컥합니다

겨우겨우 전하고 싶은 말을 보낸다고 해도 반가운 눈인사는요? 따뜻한 체온으로 나누는 손 인사는 어떻게 보내지요? 가벼운 허그와 함께 등을 토닥이고 쓸어주어야 하는데 어떻게 보내지요? 제일 기쁘게 웃어 보이는 미소도 추신으로 보내야 하고요

미풍이 불어요

긴긴 문장을 다시 읽어보다가 도리질을 해봅니다

선 밖으로 삐져나간 크레파스처럼 서툴러서 도저히 실어 보낼 수가 없을 것 같아요 백 개, 천 개의 그리운 마음들을 꾹꾹 접어서 차라리 종이비행기를 만들어야겠습니다 그리고 "잘 지내는 거지?"라고만 쓰려고요

생일

꼭 한 날
살면서 두 번은 아닌 날
이런 날들은 몽땅 생일이라고 부르고 싶은 날이죠

태어난 날, 뭔가가 시작 된 날, 꿈을 향해 새롭게 마음먹은 날,
꺼지지 않은 얼굴을 품은 날, 근사한 문장을 읽고 눈빛이 살아나
는 날

넘어진 마음과 꺾인 용기의 무릎이 일어서는 날,
아름다운 꽃을 본 날, 세상에서 제일 멋진 그대를 본 날

내 생일은
창세 '년' 내 안에 당신이 사는 '월' 당신의 '일' 입니다

2부

그 여자 생각

푸르고 시리게 고운 여자
주름을 펼쳐놓은 바다를 닮은 얼굴
그 여자네 집으로
마음이 길을 내고
어느새 그 길을 걷습니다

환한 이마와
탐스럽게 빛나는 귀밑머리
눈물계곡 속에 살면서도
하늘거리는 코스모스 향기가 나던 여자

빗장 바깥에서
나를 기다렸다가 반겨주는 홍시 같은 얼굴
표류하는 영혼을 단단히 별자리에 박아두는
힘이 센 여자
그 여자 생각이 납니다

비에 쓰는 편지

낙엽 비가 바람 따라 내리는 밤
희뿌연 유리창은 무엇을 써놓아도 비밀이 될 것 같아서
나는 편지가 되었으면 해

우두커니가 된 흐린 그림자 위로
빗방울 하나가 가늘고 긴 사선을 그리면
나는 마음 하나를 쓸거야
사랑이 달리는 도로는 신호등도 없는 일방통행이라 직진만 가능
하다고

몸이 가고 있는 주소는 내가 있어야 할 그곳인데
마음이 가고 있는 주소는 언제나 너라고도 쓸거야
기억이라는 도로에 온통 네가 있어서
병목현상을 겪고 있다고도 쓰겠지

초록색이었던 나뭇잎이 군데군데 보라색으로 타들어간 흔적을
봤다고,
너를 놓아버리고 세상 하나를 잃어버린 것 같다는 말 대신 쓸거야
네 눈 속에서 웃고 있던 내 모습이 자꾸 멍울져 보인다는 말 대신
반쯤 멍들다 멈춘 나뭇잎이 뒹구는 것도 봤다고 쓰겠지

물안개 낀 유리창에 얼굴 도장을 찍은 후에
가을 편지, 라고 쓴다

소외시대

마음과 마음들이 모래알처럼 성글다
간신히 붙잡고 있는 감정의 심층에는
성난 마그마가 들끓고 있어 아슬하다
판과 판들의 경계는 몸살을 앓는다

망막에 맺히지 못한 그대는
앞에 있어도 없다
그대 등은 폼페이의 잔해더미를 덮었고
그대의 손은 사하라 사막이다

곁을 둘 수 있는 여유는
허기와 피로에 삼켜졌고
우리는 팔을 뻗어 투명하게
각자의 안전거리를 확보한 채 윤곽을 그린다
그대와 나는 원자가 되고 모나드가 된다

윤곽은 더는 다가설 수도 없고
다가오는 것도 바라지 않는 밀어냄의 몸짓
그냥 아무도 아닌 존재로
눈도 마주치지 말아주었으면 싶다
nothingness만이 어쩌면 서로의 구원이다

그대의 옷깃이 스칠까 봐 나를 여미고
그대의 숨소리가 들릴까 봐 고막을 닫고
그대의 눈길이 닿을까 봐 사방으로 칸막이를 친다
누가 먼저랄 것도 없이
부디 가까이 오지 말아 주길 암묵적으로 바라며
어서 닫힌 공간에서 풀려나
가장 안전한 알 속에 들어가
마음 놓고 숨 쉬고 싶은 마음만 간절하다

지금 함께 있는 그대로 인해 불안하고
최소한의 내 공간으로 그대가 침입할까 봐 신경이 곤두서고
그대와 나는 히스테리에 휩싸여 두통에 잠식당한다
그대와 나의 일상이 두통을 앓는다

독백도 대화도 말라버린 곳엔
말들이 살비듬으로 부스럭거린다
그대에게 들려질 이야기는
별처럼 박혀버렸고
우리의 입은 검은 웅덩이다

이팝나무 연가

보고싶다
좀 더 꾹꾹 눌러써야
'보고싶다'에 밀도가 더해질 것 같아
다시 써 본다
보.고.싶.다.

그립다
좀 더 깊숙한 호흡으로 써야
'그립다'에 온도가 실릴 것 같다
그.립.다.

생글거리며
얘기 나누고 싶다
좀 더 반짝대는 얼굴빛으로 써야
'생글거리며'에 농도가 전해질 것 같다
생.글.거.리.며.얘.기.나.누.고.싶.다.

이팝나무
이.팝.나.무.
공기를 아직 진동시키지도 못하고
입안에 머무는 사이
눈에 이슬 머금은 이팝나무 꽃잎이
피어났다가 흩날린다

저녁

저녁 시간은
시골집에서 연기 나는 밥때가 생각이 난다

산으로 들로 실컷 놀러 다니던 7살 내가
연기 피어오르는 저수지 너머에 있다

"막둥아~"

밥 때 부르는 엄마 목소리

저수지 둘레길을 있는 힘껏 달리는 내가 있다

아침보다 점심보다 보랏빛 저녁은
한꺼번에 밀물 같은 그리움이 피어난다

눈가를 비벼대는 밤

눈에 뭐가 들어간 것은 아닌데
눈가를 자주 비볐다
걷다가도 비볐고
책을 읽다가도 비볐고
창가를 바라보고 있을 때는
더 자주 비볐다

이별은 증상으로 온다

늘어진 등나무를 지나는 동안
밝아졌다가 어두워지는
별 하나가 스치고
펼쳐든 우산 그늘은
우주만큼이나 광활해서
나는 버릇인 양 눈가를 비빈다

봄날의 기억

사랑을 시작한 이의 눈망울 속에는
작고 연한 분홍빛 벚꽃나비가 날갯짓을 한다
바람에 날아와 살포시 내려앉던 꽃잎들

사랑을 시작한 이의 몸에서는
온통 연보랏빛 라일락 향이 난다
라일락 꽃 피어 있는 오솔길을
매미처럼 그이의 팔에 매달려 걸었다

사랑을 시작한 이가 부르는 노래는
수줍은 백목련 봉오리에 적힌 편지다
마음을 고백하는 달콤한 노랫말을 부르며
살짝이 그이의 감정을 담았다

사랑을 시작한 이의 발은
초록 신을 신은 듯 고운 풀빛이다
들로 산으로
까치들처럼 수다하며
풀길에 웃음을 뿌렸다

사랑을 시작한 이의 봄날 기억은
잠기는 배와 떨어지는 별들과
노란 리본이다
개나리 노란 꽃잎이
비에 젖어 떨어지는 모습에서
힘없는 손짓으로
창백한 숨결로
아득한 부르짖음으로
나부끼는 눈물을 보았다

무지개 너머 어딘가

고속도로가 뚫리고 네모 반듯하게 높은 아파트들이 사방에 들어서
우리네 인생도 뻥 뚫리고 쭉쭉 높아지는 줄 알았지
반질반질 유리창 너머로 불빛이 휘황찬란해
손등을 쬐어보고 싶었어
이사는 '여기'와 저기 사이에서 '저기'로 가는 것
누구나 저곳으로 가는 것이리라

'저기'는 깨끗하고 밝은 곳,
금이 간 접시와 한 쪽 귀퉁이가 떨어져 나간 뚝배기들,
미련 없이 버리는 순간부터
새 것들로 교체되는 살림살이처럼
구질구질한 삶도 세수하고 나온 얼굴처럼 뽀드득거리는 곳이리라

우리들의 '저기'
파리 만국 박람회 깃발이 미친 듯이 펄럭거릴 때
왜 절름거리는 뒷모습의 사내는 그 거리를 걷는 것이냐
도시가 정비되고 한적한 공원으로 산보객들 몰릴 때
풀밭에서의 식사는 왜 나부들이 앉아 있는 것이냐
모든 이들의 욕망이 늘어선 주랑이 복작거릴 때
보석 공장에서 쥬얼리를 세공하던 소녀는
왜 그곳에서 보이지 않는 것이냐
늦은 밤 널찍한 식당 한 켠
너는 왜 홀로 앉아 있는 것이냐

비가 오다 말다 이 빠진 접시를 챙길까 말까
비는 왜 오락가락 갈피를 못 잡는 내 마음 같이 내리는 것이냐

회한

"다음에도 또 오자"

끊임없이 기다려지는 말입니다
눈을 뜬 아침부터 밤이 늦도록 지금의 시간을 밀어내고
내일을 불러 모으게 하는 말입니다
그러나
운명처럼 다가오는 시간을 원망하듯 밀어내는 말입니다

미련이 덕지덕지 달라붙어 있는 말
"내년에도 꼭 보러오자"

아쉬움과 후회로 문득 문득 가슴을 출렁이게 하는 말입니다
좀 더 함께 하지 못했던 지난날의 여유 없음이
가시가 되어 찌르는 말입니다

마음이 미리부터 간절해지는 말이 있습니다
얼룩진 눈가로 해마다 이맘때를 추억하게 만드는 말
"내년 이맘때에도 꼭 오자"

두 번 다시는 그럴 수 없다는 것을
저절로 알아 버리고
가망 없음에 대해 한사코 도리질해 보게 하는 말입니다

'다음에도'와 '내년'과 '내년 이맘 때'는
이별을 예감하는 이에게
설익은 밥알처럼 삭아지지 않고
모래알처럼 서걱거리는 말
세상에서 가장 서러운 말입니다

빈 섬에 부는 미풍

그대 거니는 그곳으로 미풍에게 길을 내줍니다 그대를 통과한 마음은 미풍을 닮은 주황빛입니다 오늘 그대가 참 보고 싶은 날입니다 보고픔을 참으면 내일이 와요 그 내일은 또 보고픔을 참아야 하는 오늘과 닮아 있지요 이상하게도 보고픔은 언제나 내일을 불러옵니다

오늘 나는 부재중이었나 봅니다 그대에게 아직 전하지 못한 마음이 있는 나는 그 마음 한 조각 놓고 가고 싶어서 미적거리는 미풍입니다 이맘때는 그대와 서로의 음색을 만지고 함께 나누는 이야기를 커피처럼 마시곤 했지요

내 마음에도 그대가 부재중일 때가 있으려나요?
그때에는 하나의 흔적도 없이 의연한 부재중을 맞으려고 합니다 놓아야 하는 순간엔 질척거리지 말아야 하지요 상쾌한 바람이 불고 지나간 후의 여운처럼 미련도 그렇게 뽀송한 마음으로 흘러야 하지요

어둠이 얼룩처럼 웅크린 하늘입니다 미풍에 흘려보낸 미련들의 얼룩이 하늘에 있고 빈 섬이 된 마음에는 이끼 같은 슬픔이 낍니다

망각의 은총

나는 물건을 어딘가에 잘 두고서
밥을 먹듯이 그것을 잊어버리고 찾는다
찾는다는 것은 레테Lethe의 강을 건넌 후
잊어버린 것들을 상기하려는 몸부림
안심은 기억을 삼킨다
그리하여
익숙함의 터널을 지나 편안함의 계단을 밟고
망각의 봉우리에 도달하여
기억의 불이 꺼져버린다

언젠가 그대도 그러했다

기억 속에서 불쑥 튀어 올라 신경 쓰이고
니트를 처음 입은 날처럼 까끌거리는 이름
가스레기 건드려진 통증 위로 스며나오는 이름

구름에 기대어 세월의 바다를 유영하던 어느 날
그대 얼굴이 증발해 버린 아침
마침내 나는 그대를 잘 두었다

물색 비단을 짜는

반듯하고 밝은 이마
정갈하게 빗어 넘긴 머리 아래
투명한 구름 한 조각 드러나
희붐한 얼굴빛보다
눈이 부시고 찬연하다

저 달을 무어라 불러야 하나

이대로 계속 걸어가면
금방 도달할 것도 같은데
내가 가는 중이고 그대가 오는 중이면
중간 언저리 어디쯤에서
만나지기도 할 텐데
달과 지구만큼의 중력거리
결코 만나질 수 없는 45억년의 시간

처음 그대를 만나는 날
심장에 열린 사과가
세잔의 과일바구니에 담겼지
청밀밭길 바람의 빗질소리
노란 물결로 물들이는 시간보다 더 이른 마음

텅 빈 안부만 듣고 오는 저 달은
밤새 물색 비단을 짠다

바깥보다 더 밖

창문만한 세상을 내다보는 가려운 밤

딱히 어디가 가려운지 모르겠어서 바람에 맡긴다

실루엣을 따라 어른거리던 빛 섞인 그림자

검은 세상에 삼켜져 오롯이 열리는 적막

씨앗들이 기다린 100년의 시간이 넘나들고

별을 출산하려는 우주의 신음소리는

100억 년 전에 잉태한 것들의 가려움

바람이 제 몸 같은 우주를 긁는다

나는 네가 아프다

달무리 번지는 무채색 공중
쉴 곳 잃은 별들 내려앉을 때
성에 낀 설움 바다 위 새겨진 하얀 발자국-
오늘인 양 생생히 네가 머문다

옹이진 지팡이 하나 있어
시린 영혼의 무게 짚어주면
광야의 밤하늘 휘감는 은하수
살갗 없는 토르소를 쓰다듬는다

물안개 눈빛 속 억겁의 그물에 걸린 두려움
덩어리진 윤곽들 침몰하는 행성상 성운
헐은 마음 위에 눕는 시퍼런 주검들
떨구는 목련 꽃잎 온기 잃은 너의 희망을 덮고
부풀어 오른 흰 슬픔 적신다

캄캄한 목마름에 소스라치게 놀라는 심장
수레에 깔린 질경이의 일어섬 같은 몸부림
생이 멎어가는 노오란 별들
외마디 비명마저 삼켜지는 원한
나는 네가 아프다

영원 같은 1분 동안만

뒤를 돌아보지 않는 것은 마음을 여미는 것이다
배웅 받을 때

황홀한 마음은 마주 앉은 앞모습에만 보여지고
뒷모습은 아련하지 않도록

몇 발자국 걷는 동안 문득 뒤돌아보게 되었을 때,
내 시야에 그대가 사라져 있을까 봐 두려운 이유다

"잘 가. 아프지 말고, 맘 상하지 말고"
언제나 한참을 가다가 뒤돌아보아도 흔드는 손짓
내가 발을 딛어 앞으로 나아갈수록
뒤로 뒤로 밀려나 점처럼 작아졌었던 그 모습 때문이다
절대로 한 번도 의심하지 않았던
엄마의 손짓을 두 번 다시 볼 수 없게 되었기 때문이다

어느 날, 내가 뒤돌아본다면
그 건 정말이지 죽을만큼 용기를 내어서 하는 것일 테지
모든 감각이 움츠러들고 작아질 대로 작아진 내가
여러 번 심호흡을 하고 시도해 보는 것일 테지

그러니 내가 두렵지 않도록 그대가 1분만 더 늦게 뒤돌아 서주면,
그래주면 좋겠다

아니다
그대와 나는 언제나 서로에게 1분만 더 늦게 돌아 서기로 하자
영원 같은 1분만

회화나무와 미풍

미풍이 불어요
파란 하늘에는 붉게 물든 그대가 있습니다 그대는 숨소리도 부드러워서 그대 호흡 속으로 빨려들어요 처음부터 하나의 호흡이었던 것처럼 친밀하고 따뜻한 그대입니다

미풍이 불어요
한 낮의 따사롭던 해가 식으면, 땅도 서늘하게 식어갑니다 온기가 사위어가는 저녁나절엔 나무 그림자도 길게 눕습니다

그대가 미치도록 보고 싶은 날에는 나무들 사이를 걷습니다 그대는 나무로 서 있고 다가서는 나를 밀어내지 않습니다 태초의 시간부터 그대는 회화나무였던가 봅니다

미풍이 불어요
내가 걷는 그 길은 그대가 있는 곳을 향하도록 되어 있었나 봐요 그대는 어느 때고 내가 올 것을 알았다는 듯이 반갑게 맞아주려 두 팔을 벌리고 있지요 그대에게 와락 파고들지 못하는 마음이 설웁기만 합니다

3부

악몽

점심시간이 한참 지나 들어간 식당에 김치찌개를 주문하고 앉았
습니다
친절한 주인 남자가 혼자 온 내게 밥 친구 대신 텔레비전을 틀어
주자
발도 없고 손도 없는 잡스런 말들이 흘러나왔고요
높은 곳에 있는 말들이라 내려오지도 못하고 앵앵거렸고
왁자지껄 전문가라는 이름을 단 말들이 반질반질거렸습니다
하도 세상에 살지 않은 말들이라 깃털보다 가벼웠고
나는 두통이 서서히 오기 시작했습니다

그날 밤
흔들바위 하나가 정수리 위에 얹혀있어
저절로 두 무릎을 심장 가까이 모은 채 휘어져 잠이 들었고
잡스런 말들이 가느다란 불빛에도 고통스러워하는 좀비 같이 몰
려와
밤새 리모컨 찾는 꿈을 꾸었습니다

강과 갈대의 사랑

비단 물결이 펼쳐지는 강
비늘이 벗겨진 노루의 찬찬한 눈으로 세상이 들어온다

빛들이 물장구를 쳐도 맑은 거울 같이 웃는 강물은
우리 큰 언니 같이 부드럽다

강가에서 흔들흔들거리는 갈대
강물의 얼굴이 마냥 예쁜가 보다
큰 언니와 처음 선을 보는 자리에 나왔던 형부 마냥
제대로 보지도 못하고 곁눈질만 보낸다

움트고 펼치고 열리고 피워내는 나무
포로롱 재잘대는 새들
백년손님 상차림하는 부산한 엄마와
헤실거리며 좋아라 하는 꼬마둥이 내 모습

점점 갈맷빛이 되어가는 자연
쉼 없이 유유히 누리는 그들의 시간
함께 살면서 자라고 생명력을 방사하며
보듬고 쓰다듬는 서로의 연인

시안블루 보자기를 두른 하늘
수줍게 터트리는 목련 꽃망울
땅은 싹을 분만하는데
신음대신 여기저기 산뜻한 콧노래다

반영

일렁 일렁
밤이 바다 위에 하루갈이 성전을 짓는다
존재의 뿌리에 엉겨 붙어
기둥을 세우느라 분주한 불빛들

구름다리 위 흔들리는 밤의 눈빛
풍경에 뒤쳐질세라 혼신의 힘을 다해 달린다

바다에 진주 장식을 한 지붕을 올리고
우주 한 귀퉁이에 주랑이 펼쳐진다
소실점에서 걸어 나오는 물주름들
그렁 그렁

미세한 떨림 속 번지는 달그림자
밤바다에 걸어둔 해먹 위에 누울 때
시간의 흐름을 뚝뚝 잘라 낸 일곱 가지 별빛은
일렁
그렁
일렁일렁
덩어리 실루엣 속
보랏빛 안개를 둘러쓴다

차갑게 타오르는 횃불이 늘어서면
누군가 모래사장 닮은 마음이
살청殺靑한 푸른 빛깔 수평선
아득히 먼 곳에서부터 밀려와
무른 성전에 추억 빛 너울 벽화를 그린다

이중성

'이리 와'
저만치에서 내게 손짓하는 너
제 안으로 데려가면서
밖으로 밀어낸다
오라는 손짓과 가라는 손짓

드러내면서 감추는
다가오는 걸음이면서 뒷걸음질 치는
붙잡으면서 밀어내는
채우길 원하면서 비워내길 원하는
도달하고 싶으면서 지연시키고 싶은

분열된
'너'들의 사슬

'이리 와'
손짓이 네 마음이다

막간의 시간

희붐한 아침이 커튼 사이로 들어오고
하늘을 수건 삼아 세수한 얼굴을 비빈다

조금씩 사물들의 온도가 올라가고
창백한 모습들에 색깔들이 입혀지고 있다

밤과 아침 사이의 시간은 사물들이 0도가 되는 중세의 때
자랑스럽게 돌이켜보는 고전시대와
위대한 로마의 재생을 희망하는 막간의 시간이다

이 시간을 지나온 사물들은
점점 화려한 원색 빛이 탱글거리는
새로운 정오를 만나게 될 것이다

집을 나서자 사람들 속으로 가자 광장으로 가자
세상의 살을 만지자

시니피앙과 시니피에

손바닥과 손등을 번갈아 물끄러미 봤어
남극이 된 손등
차갑고 추운 것은 내 명랑에 동상을 입혀
말초신경계로 이어지는 혈관을 따라 하얀 극관이 보여
빙하기 화석도 움츠리는 바람이 분다

이런 날에는 공이 되는 상상을 하곤 해
허리를 세우고 걸을 엄두가 나지 않아서
차라리 데굴데굴 굴러가고 싶어져
제트기류에 올라타 싸게싸게 시간이 흐르는 우주로 달아나고 싶어

악수할 때 따뜻한 손에서 전해오는 감촉
내 감각들이 엄청난 진동수로 전율하고
1분의 길이가 100배쯤 아니 1,000배쯤 늘어진 우주에 도달한 기분이야
내 의지보다 먼저 뇌가 내편이라고 승인해
은밀한 타협
너그러워진 순한 바람이 분다
이럴 땐 싸목싸목 시간이 흐르는 우주에 가고 싶어

불이 不二

잔잔한 바다에 바람이 불면 수면은 그네가 된다
살살살 몰아가는 앞걸음으로 달려 왔다가 종종종 뒷걸음으로 밀려난다
지루한 듯 한번은 성큼걸음으로 그네타기를 하는 통에
골똘하게 생각에 잠긴 내 신발을 건드려 놀래키더니
놀래는 모습이 재미졌나?
이번에는 장난기 발동한 개구쟁이 같은 파도가
한꺼번에 달려와서
나를 뒷걸음으로 도망치게 한다
포말로 부서지며 헤헤거리고 웃는다
해질녘 바람에
에메랄드빛 바다가 이제부터 신나는 파도타기를 할 모양이다

잔잔한 일렁임도
파도로 밀려와 하얗게 부서짐도 바다의 모습
일렁임도 부서짐도 둘이 아닌 하나다

새들의 사연을 그리다

시린 가슴
뿌연 하늘에 닿아
회색가슴 뜸부기가 되었지
그리움이란 게
창가에 성에 낀 마음이어서
뜸북뜸북 시려지다 보면
회색 화상을 입기도 해

너른 강물
명랑한 듀엣 춤
찰랑대며 추억 밀고 오면
눈시울 뜨거워진 장다리물떼새
첨벙첨벙 기억들 밟았지
사뿐 사각 야윈 걸음이어서
두 다리로 휘청거리다 보면
베인 상처만큼이나 가늘어지기도 해

주황색 여문 감
포르릉 파르륵
쪼아지지 않는 그대 마음이라
여기저기 잘려나간 심정이 되었지
애가 타는 마음

벽에 부딪쳐
검게 멍든 이마 직박구리
그대 마음 문 두드린 흔적으로 남기도 해

입에 물고 온 사랑
사냥 마친 물총새
네가 나인 것만 같아
너를 먹이는 것이 내가 사는 일이 되었지
파란 깃털 열려진 넓은 흉강
내 살 보듬듯이 너를 보듬어
나와 꼭 닮은 너를 확인하곤 해

골똘한 눈
생각이 별 같아서
아망스런 뒤태
바위마냥 들어 앉아 부채 펼친 딱새

물구나무 재롱떠는
밀화부리 몸짓은 암컷을 부르는 것이지
네 마음 가지고 올
으쓱할 장기 하나 있었으면 해

새 날

하늘을 덮었던
밤의 시간들이 물러나고
빛들이 자연에게 평화가 되는 시간

꽃들의 향기가
온 세상을 회복시킨다면
얼마나 좋을까?

높은 새들의 노랫소리는
새 날을 맞은 기쁨의 전령
거리의 벚꽃들도 질세라 와글와글

쑥 향기 나는 말들은
적막 아래에서 걸어 나오라
물풍선을 터트려라
물대신 웃음이 쏟아져도 좋은 날

영원회귀

새들이 해를 따라 서쪽 하늘로 이동하는 시간
호숫가의 잔잔한 물결 위를 노니던 물오리도
골드빛 하늘에 황홀해 하는 저녁
얼굴 비춰보던 산 그림자 위로 수련이 미소 짓는다

열정이 희미해져가는 저녁시간
뜨겁게 제 몸을 사르느라 응축했던 해가
빨간 빛깔 하나를 풀어내 하늘을 물들인다

해는 고요하게 사분거리는 호수 위에
긴 여운으로 내려앉더니
투명한 뜨거움과 빨간 서늘함으로 대지와 만난다

바람이 구름을 서쪽으로 몰아가는 저녁
온갖 소곤거리는 것들
꼼지락거리며 생명 틔우는 것들
생명을 터주며 열리는 꽃잎도 서쪽으로 기운다
동쪽에서 떠오른 해처럼

흐르는 것은 인연이었다

흘러가는 것
그것은 시간인 줄 알았다

태양이 떠오르고 지듯이
여름이 지나고 가을이 오듯이
그때마다 시간이 흐르는 것인 줄 알았다

그러나
흐르는 것은 인연이었다

스치듯 지나치는가 하면
잠시 한곳에 머물러 조금 큰 줄기를 만든 후
한 방향으로 흐르고
그러다가 갈라져 나온 지류가 되어
각자의 흐름을 타고 흐르는 것

흐르는 인연을
흰 마음으로 흘려보내지는 것은
지금 이곳으로 수 억 광년의 빛이 도달하는 동안
홀로 흐르든 함께 흐르든
우리에게 놓여진 시간의 동시성 앞에서
공존하고 있다는 것을 이해하고 있음이다

겨울 들판 하늘

겨울 들판에 서면
가슴이 더디게 달려
청빈한 허기로
공중이 된
내가 있어
산소가 진해지나 봐

서먹한 것들에서는
모래알 서걱거리는
소리가 나
하늘이 설익은
핑크뮬리 들판이야

까마득히
멀어져간 봄날 어디쯤
낯익은 눈이
웃고 있기도 했던 것 같아

네가 나를 향해 웃느라

감아진 눈이

하늘 한쪽 초승달로 떠 있어

섬세한

블루베리 심장이 콩당

알들 같은 순간

너만 없는데

비현실적이게

서정적인 저녁이기도 해

안부

문득
얼굴 하나가
물방울처럼 동글거리면

"잘 지내는거지?"
되돌아오지 않을
안부를 묻는다

한참을
길게 누운 그림자와
자갈길 같은 마음을 걷고 있을 때

"응"
주머니 속의 온기가
대답을 한다

가만히
커피 잔 속에
하나씩 하나씩 기억들이 던져지고

"잘 지내"

향기롭게 삼켜지는 얼굴

그거면 되었다

토방에서 울던 아이

산책하기 좋은 시간입니다
시집 한 권 들고 강변 쪽으로 걷다가 돌아와야겠습니다
돌아온다는 말은 언제나 감격스럽습니다
언제라고 말하지 않아도
돌아오겠단 약속이 있으면 참아지고 기다릴 수 있습니다

7살 초여름 홍역을 앓고 있던 나는 혼자서 집을 지키고 있어야 했습니다
5일마다 장이 열렸는데 그날이 장날이었고
엄마는 밥때를 조금 남겨놓고 장에 다녀오마고,
곧 오마하고 버스를 타고 갔습니다
그날따라 식구들은 다들 어디서 분주하게 있었는지
나만 덩그러니 집과 함께 남겨졌습니다

엄마를 태운 버스가 출발하자마자 닭똥 같은 눈물이 발등에 똑똑 떨어졌고 떨어지는 눈물방울이 개구리 발가락 같이 번지는 걸 보고는 서러웠는데 재밌었습니다

장터까지 10리쯤 되는 거리였는데 두 시간은 족히 울었던 것 같습니다 토방에 앉아서 진이 빠지도록 혼자서 울다가 지쳐가고 있을 때쯤 엄마가 대문을 열고 들어서는 모습이 보였고, 그때부터는 또 새로운 서러움이 비집고 나와서 엉엉 울었습니다

 엄마가 검정 비닐봉지에서 우리 막둥이 옷 사왔다고,
 큰 잠자리 한 마리가 가슴에 프린트된 베이지색 민소매 티를 꺼냈습니다 잠자리 날개가 어린 눈에 어찌나 생생했는지 진짜 잠자리가 달라붙어 있는 줄 알았습니다 그리고 뽀빠이 과자도 한 봉지 사왔는데 거기 들었던 하얀 별사탕이 참 달고 맛있었습니다

 엄마 옆에서 새 옷을 입고 잠자리를 만지작거릴 때 시원한 호~바람이 어디선가 불어왔습니다 다음에는 꼭 데리고 가마고 금방 온다고 하면 진짜로 금방 올 것인게 울지 말고 기다리라며 울어 퉁퉁 부은 얼굴을 손으로 감싸주었습니다
 그 후로 돌아오겠다는 말은 잘 참아지고 잘 기다리게 합니다
 나는 당신을 잘 기다리고 있습니다

느닷없이 오는 너는 내 미래다

일상의 커튼을 열어 제치고 범람하는 빛
눈부신 시야로
신기루 같은 네가 온다
느닷없이

너를 만나는 날은
내가 무엇인가 되는 날
새롭게 주름 만들어지는 날
화창한 꿈꾸게 되는 날
내부와 외부의 경계 넘나드는 날
그리하여
아직 한 번도 태어나지 않은 내가 세상 밖으로 나오는 날

미래에서 네가 침노한다
아직 한 번도 당도하지 못한 불덩이 언어를 품고서
느닷없이

네 얼굴의 명령은 망치
나인 것들 와장창 박살나는 날
나는 스펀지가 되고 너는 스며드는 날
할퀴고 찌르는 너로 인해 상처투성이 피투성이로 너덜거리는 날
아직 한 번도 꺼내 입지 않은 분노를 걸치는 날

그리하여
흔적기관이 된 꿈이 다시 움트는 날
아직 한 번도 본 적 없는 희망을 새로 쓰게 되는 날

시계꽃 길에 부는 미풍

홍차에 녹아든 마들렌 향을 불러오는 저녁입니다

잃어버린 시간을 찾아 산책길을 나서는 마음이 두근거립니다 산사나무 꽃이 손 흔드는 길로 거닐어 볼까요? 모네 그림에서 보았던 연꽃이 있는 길을 따라 거닐어야 할까요? 언제나처럼 그대에게 가는 두 갈래길에서 서성이는 얼굴을 그대는 알기나 할는지요

미풍이 불어요

카푸치노 거품을 잔뜩 묻힌 바람입니다 감정은 참으로 단순하고 분명하지요 복잡하고 변덕스러운 것은 생각입니다 카푸치노엔 풍성하고 다소 거친 거품 위에 시나몬 가루가 당연히 뿌려져 있어야 하는 것처럼 감정은 심플하면서도 단순 명쾌한 것입니다 그 감정들을 애써 거세한 걸음은 절룩거리게 되지요

미풍이 불어요

인생의 수레를 가뿐하게 굴려주는 바람입니다 달리는 수레의 바퀴는 두개가 있어야 하지요 하나는 칸트에게 맡기고 다른 하나는 니체에게 맡긴 채 우린 흔들 흔들거리며 오르락내리락 하는 그네에 앉아 있습니다 차가운 이성과 존재에 다다르고자 하는 뜨거운 감정의 고삐를 쥔 채 마음껏 하늘을 바라보는 것이 인생 아닐는지요

미풍이 불어요

바닷가 비릿한 내음을 흩뿌리는 바람입니다 내겐 비릿한 바다내음이 홍차에 녹인 마들렌향입니다 한모금의 차가 입천장에 닿는 순간처럼 소스라치게 하지요 이 바람은 내 망각된 기억을 불러내고는 이곳에서 나를 고립시킵니다 알 수 없는 어떤 감미로운 기운에 사로잡혀 정수가 채워지는 느낌이어요 거세진 바람에 나부끼는 머리카락, 약간의 와인향과 포근하게 덮어주던 담요의 따스함이 고스란히 살아납니다

불어오는 바람을 예측할 수 없듯이 사랑 또한 그러하기에 사랑은 차라리 재난과도 같습니다 우연히 보자마자 빠져들기 시작하는 건 잡을 수 없는 재난이지요 그 재난 속으로 기꺼이 걸어 천국으로 향하는 길과 삶을 해체시켜 버리는 고통을 끌어안고 재난으로부터 발버둥치는 길, 이 두 갈래 길에 있는 이들에게 우연의 여신은 엷은 미소를 보냅니다

미풍이 불어요
땀방울이 송글송글 맺힌 이마를 부드럽게 쓰다듬는 바람입니다 하늘바라기를 하기에 좋은 가을 하늘에는 만질 수 없게 된 그대의 미소가 가득 번져있지요 그대를 잃어가기 시작한 때는 언제부터였을까요? 손수건을 친절하게 펼쳐주던 그때로 가는 길을 하염없이 걷습니다 그 길에 이름을 붙인다면 시계꽃 길이라고 부르겠습니다 그대가 내어준 길을 따라 가득한 달처럼 조금도 빈틈없이 벅찬 기쁨을 맛봅니다

4부

달팽이

네가 없는 내 시간의 빈터
황망한 그곳에
하루 종일 기억을 파먹고 사는 달팽이

초록잎 봄날 한 장을 녹여먹고
푸른 고갱이 미소 내놓는다

배춧속 단 노래 곱씹어 먹으니
노란 웃음 내놓는다

당근빛 끌끌한 당신 살캉 먹고서
나리꽃 향기를 내놓는다

버글거리는 거품
눈이 빨개지도록 매운 맛 기억 하나 곰삭아
하얗게 포개지는 눈물을 내놓는다

남겨진 자, 부재를 안고 있는 이의 빈터에는
하나같이 달팽이가 기억을 파먹고 산다

거울 뉴런

고라니 눈으로 우두커니 서 있는
너를 보았어

물러져서 흐물거리는 눈
엉킨 실타래 눈
노루보다 사슴보다
움푹 깊게 내려앉은 눈

황망한 두려움이 서린 눈
내 우주에는
가로등 아래 사선으로 내리꽂는 바늘 비가
종일 내리는 날이었어

네 우주에는
서쪽 하늘이 별들같이 영롱한 눈물을 떨구고 있었지
가난하고 순박해서 애처로운 꽃씨 하나
또르륵
또르륵

마주 선 네 눈 속에 들어앉은
나를 보았어

물러져서 흐물거리는 눈
엉킨 실타래 눈
노루보다 사슴보다
움푹 깊게 내려 앉은 눈

너를 안아주는
그렁그렁한
고라니 눈

아메바를 통과해서 보는 세상

어제 하늘에서는
해를 가리고 비가 내렸다
찬 공기와 더운 공기 덩어리들이
하늘 가득 진을 치고 서로 힘겨루기를 했나 보다
아니면 불균등하게 가열된 지면에서
마구 더워진 공기들이 하늘 위로 올라갔다가
속수무책으로 커진 부피를 감당 못 했나 보다

유리창으로 떨어진 빗방울들은
스스로 표면 장력을 풀고
조금씩 조금씩 모여 아메바가 된다
아메바가 된 물방울들은
어디서부터랄 것도 없이 분열을 시작하더니
어느새 유리창 전체를 아메바로 덮고 만다

이제 유리창 너머의 세상은
아메바의 몸을 통과해야만 눈으로 볼 수 있다
사물들은 점도 선도 면도 아닌 뭉뚱그려진 덩어리, 덩어리다
앞으로 펼쳐지는 길도 덩어리
길 위를 지나는 차들은 액포와 같은 덩어리
우산을 쓰고 걷는 사람들은
삼투압을 이기지 못해 용혈현상으로 쪼글쪼글해진 세포질 덩어리
사방에 즐비한 건물들은 먹이를 아직 찾지 못한 괴물 덩어리, 덩
어리다

아메바를 통과해서 보는 세상은
크고 작은 비 알갱이를 잔뜩 머금고 있는
부정형의 적운형 덩어리랑 닮았다

낙엽

시린 손이
바스락거린다

초록으로 윤기 나던 시간들과
강렬한 햇살 아래서
넘치도록 충만하게
살찌우던 시간들

낱 생명들과의 하모니가 찬란했던 낙엽이다

풍요의 시간이 오면
가장 아름다울 때를 맞이한 듯
붉은빛 스펙트럼을 펼쳐 보이고
노란 색소 화장을 한 낙엽은
무도회를 마치고 돌아가야 할 신데렐라

유리 구두 벗겨진 걸음으로 돌아가는 길은
바스락거리는 소리가 난다

입가 축일 물 한 모금도 남기지 않고
전부를 공중에 두고 온 낙엽이
오늘 내 손에 닿는다

낙엽이 시리다

중력 렌즈

그이의 눈을 보면서
이야기를 나누다 보면
동공 속 저 깊은 곳에 도달한다
그곳에서는 무성영화가 상영된다
움직임이 있고 말하는 모습은 있는데
소리는 없다
여러 장의 사진이 재빨리 지나간다
퍼즐 조각 같은 사진들은
그이가 살아왔을 삶의 자리다

그이의 동공 깊은 곳에서
표현되지 못한 외면한 슬픔이 보인다
슬픔은 물체의 질량 때문에 휘어진
곡면의 아래쪽을 떠올리게 한다
질량이 클수록
마음은 더 많이 휘고
더 깊어지겠지

너의 좌표

네가 서 있는 그곳은
고요해 보이지만 출렁이는 파도야
접힌 마음 주름이 잘잘한 물결로 번져

내 심장이 휘고 굴절하고 왜곡되는 곳
중량 그 자체만으로 너의 존재를 규명하는 곳
너를 벗어나지 못한 채 우주의 걸음이 뱅글뱅글 원을 그리는 곳

마음이 바닥으로 쿵 떨어져 내리는 날도
내가 너를 돌고 있는 행성이 된 날도
그곳에 네가 있어서야

모든 곳이 휘어져 곡선이 돼
반듯한 직선은 없어
매끈한 평면은 없어
말랑말랑
물컹물컹
출렁출렁
움푹움푹

네가 있는 그곳은
거대한 갯벌이야

사건의 지평선 Event horizon

그리움 하나가 잠기면
가지런한 바닷물이 흐트러지듯이
네가 내게 오는 날에는
차갑고 건조한 무채색 시공간이 출렁인다
시간이 적어진 이곳
주변의 모든 것들이 느려지고
머뭇거림은 조금밖에 자라지 않는다

고부라져 도는 길 저만치 네가 보이면
거리의 자동차들은 영화 속 한 장면처럼 느리게 스쳐 지나고
바람에 흔들리는 꽃잎의 움직임도 사그러든다

나뭇가지 사이에서 솟아오르지 못하는 새들
손에서 떨군 설렘은
자꾸만 네쪽으로 굴러가고
내 마음도 네쪽으로 기운다

네가 지나 온 발자국 속에서
과거와 미래가 태어나 마주서고
사물들은 다양한 리듬에 맞춰
블랙홀이 된 네게로 흘러든다

세계는 곧 정지할 것처럼
1분이 영원의 길이만큼 늘어나
나는 지구에서 가장 느리게 사는 사람이 된다

조르바—자유의 온도

크레타섬으로 떠나는 '나'를 따라가 본다
나는 새로운 삶을 살고 싶은 '나'다
머뭇거림을 벗고
쏟아지는 소나기에 온전히 내어 맡기듯
맨몸으로 날것의 경험을 하고 싶었던 '나'는
퇴화하려는 더듬이를 하나씩 하나씩 펼친다

만나는 모든 것들은 온도로 감지된다
'내' 앞에
초신성폭발 직전의 온도를 발산하며
빛을 내는 그가 있다
'조르바'다

'진짜'라는 단어가 떠오를 만큼
그가 보고 느끼고 생각하는 모든 것들은 빛을 내고 있다
그의 온도는 늘 지표면을 뚫고 올라올 마그마 같은 기세다
감추고 머뭇거리는 법이 없다
너무 뜨거워서 스스로 녹아내릴 것만 같아 위험하다

조르바
그가 기뻐한다 초록빛이다
광기에 휩싸인 사람처럼 춤을 추는 걸 보면 알 수 있다
조르바
그가 슬퍼한다 붉은 빛이다
눈망울 큰 소의 눈에 홍수가 난 걸 보면 알 수 있다
조르바
그가 전율한다 파란 빛이다
산투르를 온몸으로 연주하는 걸 보면
그의 심연 어딘가에 파동이 일어난 것을 알 수 있다

조르바
그는 매 순간
그의 온도를 색으로 표현하는 정직한 자유인이다
'나'는 조르바
그에게서 홍염처럼 뿜어져 나오는 자유의 온도를 본다

눈

그토록 보고 싶은 너를
눈으로 만나 눈으로 들여와 너와 하나가 되었던 기억

눈으로 본다는 것은
기억 안에서 기억 속의 너를 더듬는 것

보아야 할 대상이 너였기에
내 눈은 너를 향해 만들어졌고,
온통 사랑에 겨운 너로만 채워졌는데

그 눈으로
어떻게
무연히
너를
볼 수 있어?

곰팡이

바람이 불었습니다 집으로 가는 길에
순식간에 헝클어 놓은 것은 머리카락만이 아니었습니다
휘청하는 걸음, 움츠리는 마음, 단단한 생각도 헝클어 놓았습니다
차분한 옷자락도 뒤집고 잔잔한 시간도 헤집어 놓고 갔습니다

바깥에서 간신히 돌아온 집
닫아둔 베란다 창문틀에서 물기가 흐르고
한 달 전 페인트 칠한 벽에는 검은 곰팡이가 피었습니다
통풍이 안 되어서 축축한 곳은 어디랄 것도 없이 번식하는 나쁜
균들
바람이 필요합니다

별을 헤는 밤

너는 별이다

별 사진을 보고 있으면
4차원을 벗어나 11차원의 세계를 여행하는 것 같다
킬로미터 단위로는 상상도 안 되는 머나먼 곳에 있는 천체들
100억 년보다도 더 오래 전에 내뿜은 빛이
이제서야 지구에 도달하는 걸 보면
우주에서의 사랑 고백은
최소한 광년 단위의 시간과 길이를
넉넉히 견딜 인내심이 있어야 받을 수 있다

별들은 나무로 꽃으로 사람으로,
귀여운 새들로 시치미 떼고 살다가
물기 머금은 공기들에게 들키면
그때서야 반짝거리는 별 자신의 모습을 보여주기도 한다

달이 뜰 때쯤에

달리는 자동차의 빨갛고 하얀 불빛들이
애니메이션 영화에서 보았던 거대한 심해층 어류 같습니다
어쩌면 기다란 지네처럼 보이기도 하고요
도로에 가끔 초록 등이 켜지는 건 어둠 속에서 반짝이는 더듬이
같아요

가로등이 내게 가까이 다가오는 것은
내가 앞으로 가기 때문인지
가로등이 내게로 달려오기 때문인지 분간하기 어렵습니다
그러나 '동시성의 상대성'에서는 우리의 착각도 진실
세상은 사람의 숫자만큼 진리가 춤추는 곳
작은 목소리는 삼켜지고
큰 목소리가 더욱 진리가 되는 곳

보름달에 가까운 달이 뜰 때쯤에는
마음은 잔뜩 그리워져서 시골길을 걷고 있을 것 같습니다
참 설레고 기다려지는 곳
투박하지만 따뜻한 손
황톳빛 주름진 얼굴이 맞아 주는 곳
그곳은 작은 목소리가 큰 목소리입니다

바다와 태양의 핑퐁게임

은색 바다를 본 적이 있다
그날, 장마가 지나고 난 후
투명하게 맑아진 바다와
태양은 핑퐁게임을 하고 있었다

태양이 일제히 빛을 서브하면
잔잔한 바다는 간지럼 타는 아이들처럼
키득거리며 은빛 웃음으로 받아쳤다

장난기 묻히고 되돌아온 햇살 줄기를
태양이 급하게 백핸드로 스매싱을 하자
은색비늘 물고기떼가 깜짝 놀라 튀어 올랐다

용케도 바다는 미끄러지듯
햇살 공격을 되받아치고는
단단히 태양을 주시하고 있었고
물고기 떼는 응원가를 불렀다

약이 오른 태양은
햇살을 높게 띄워 서브에 회전을 넣었다
그러다 그물처럼 펼쳐진 물방울에 걸려서는
일곱 빛깔 무지개로 붙잡히고 말았지

그날
바다와 태양의 핑퐁게임은 바다가 우승했다
신나하던 바다는 온통 은색 환호성을 외쳤고,
물방울에 걸린 무지개는 어이없게 예뻤다

소리를 기억하는 공기들

138억 년이나 된 우주에 소리는 어떻게 되었을까?

행복하게 웃는 소리
슬픔에 겨운 울음소리
분노에 가득찬 울부짖는 소리
간절히 부르짖는 소리
나즈막히 한숨을 내뱉는 소리

흩어지는 연기처럼
그렇게 흔적도 없이 사라지는 걸까?
흩어진 후에는 어떻게 되는 걸까?
수많은 공기 입자들은 끊임없이 운동하고 있으니
그 공기 입자들과 함께 우주로 떠도는 걸까?
에너지가 없어지면 진동하지 않으니 스러져 버리는 걸까?

공기 입자가 사라지지는 않을 테니
모든 인류의 소리가 공기들 속에 담겨 있지 않을까?
우리의 30억 쌍이나 되는 DNA 속에 최초의 생명체인 LUCA의 정
보가 그대로 담겨져 있듯이 그렇게 모두 공기 속에 기억되지 않을
까? 진실도 그렇지 않을까?

무기질적인 밤

차갑게 식힌 햇살 속
잔잔한 바람이 인다

훌쩍 키 높은 나뭇가지 속
다정한 까치집 밖 삐져나온 꽁지깃
하얗게 기다란 굴뚝 연기 메아리
깊은 금색 지붕
꿈처럼 맛있는 기억 베어 물면
어둠 속
구슬 같은 밤하늘
쭈글쭈글 오래된 '지금'을 향한다

맑은 개울물 소리가 나는 마음이었으면 했다

6백 광년 달려온 리겔의 시간
쪼그리는 부신 눈에
아직 내려앉지 못한 미련 많은 달빛이 담긴다
영양갱 닮은 말랑한 미소
늘어진 호박엿 빛 가로등
무기질적인 밤의 공기
사그락거리며
흙으로 빨려 들어가는 물색만큼 신선하다

진실과 착시 사이에서

너의 말은 볼록렌즈와 오목렌즈
실재를 굴절시키고
도립상과 허상으로 왜곡하지
말의 표면은 진실 혹은 진정성에 대한 착시현상

진실은 드러내면서 숨는 것이어서
네 말을 프레임에 담아
광각과 표준과 망원이라는 포커싱을 한다

마음의 거리에 따라 초점을 비껴가는 말들이
끝이 없는 오해의 비탈길에서 미끄러진다
요란하게 데굴거리는 것들은 불안의 징후
침묵은 교란과 침전된 상을 까부르는 키질
진실을 간파하는 촉수는 침묵이다

그대 눈빛이 제철이다

봄날은
사람의 눈빛이 제철이라 말한 시인이 있다
만개한 노란 산수유를 보고
빨간 동백꽃을 보고
하얀 매화꽃과
깎아놓은 조각처럼 선이 수려한 목련을 보았으니
그 눈빛이 오죽이나 생글거릴까

여리여리한
분홍 꽃잎을 한 진달래가
꽃샘 추위에 깜짝 놀라는걸 보고
낙엽더미 속에서 빼꼼하게 쑥이 올라온 걸 보았으니
눈빛이 얼마나 들떠있을까
그대가
마당에 피어난 명자꽃을 봐 버려
세상 밖으로 마음이 달려 나가니
눈은 또 얼마나 쫓느라 바쁠까

샛노란 수선화와

히야신스의 향기에

새들이 흥에 겨워하는 걸 보았으니

눈망울이 떨릴 수밖에

돌돌 말려진 채

꽁꽁 숨어있던 장미 잎사귀가 얼굴을 열어놓았으니

동공도 마구 열어질 밖에

하얀 바람꽃을 보고

미선이를 보았으니

심장이 마구 뛸 테고

그 덕에 눈도 덩달아 떨리겠지

걸음마다

온갖 초록생명들이 눈인사를 보내오니

눈빛도 초록으로 다 물들 수밖에

시름 많은 그대가
정지 비행하는 새 몸이 되어서
흘러내리는 햇살 분수를 맞고 있으니
눈 속에 금가루가 흩어져 있겠지
하늘에 떠다니는 구름도 담기고
바람도 담겨 있네

더 이상 완벽할 수 없는 축제다
온통 세상의 향연이
그대 눈빛 속에서 펼쳐지고 있으니
그래서 시인은 사람의 눈빛이 제철이라고 했겠구나

해를 낳는 하늘과 미풍

미풍이 불어요

커튼사이로 스며든 이른 아침의 햇살이 잠을 깨웁니다 베란다 창문을 열고 바라 본 풍경은 고요하고 흔들흔들하는 나뭇잎들이 정겹습니다 하늘이 그의 심장을 내놓을 때가 되었나 봐요 심상치 않은 기운이 파문을 일으킵니다 하늘은 그의 심장을 하루에 꼭 두 번씩 내어 놓죠

미풍이 불어요

무심하게 지나치던 바람도 어쩔 수 없나 봅니다 하늘이 밤새 품고 있던 수줍고 앳된 모습의 붉은 심장을 서두르지 않고 서서히 옷섶을 열어 꺼내 놓는 걸 봐버렸나 봐요 그 모습이 어찌나 우아하고 부드러운 몸짓인지 바라보는데도 숨이 막히게 떨리고 설레거든요

미풍이 불어요

하늘, 그가 꺼내놓은 이른 아침의 심장은 그 어느 것 보다도 싱싱하고 눈이 부십니다 그러니 세상의 모든 생명들이 일제히 눈을 뜰 수밖에요 바람도 잠시 소스라치고 아찔해질 밖에요 까치들이 노래하는 것 좀 보세요

미풍이 불어요

저녁 무렵에 한강변을 걷노라면 바람이 진귀한 하늘빛을 불러옵니다 파랗기만 하던 하늘이 뒤늦게 도달한 노랑과 물들고 주황과 물들고 급기야는 빨간 빛깔과 물들고 엉켜 마젠타로 변해가는 모습을 보여주지요 그러노라면 어느새 제우스가 허벅지에서 디오니소스를 꺼내듯 하늘은 그의 얼굴 한 점을 열어 심장을 꺼내놓습니다

미풍이 불어요

저녁에 낳아 놓은 하늘, 그의 심장에서는 물안개 냄새와 미끌거리는 미련 냄새가 납니다 그리고 분명히 이글거리는데 led등처럼 빛만 낼뿐 차갑고 냉랭하죠 왜 그런지 바람은 알고 있을까요?

미풍이 불어요

아침 해와 저녁 해는 하늘, 그가 꺼내놓은 심장입니다 그것들에 얼룩이 져있는 걸 보면 어쩌면 폐허 속에서 희망의 얼굴로 솟아오른 것인지도 모르겠습니다 나는 이렇게 하늘, 그가 내어 놓은 두 개의 심장을 그대 마음인 듯 하루에 두 번 보곤 합니다

조르바, 그의 춤

그가 팔을 펼치면
수만 개의 깃털 돋은 새를 낳고
발뒤꿈치를 들어 솟아오를 때에는
천진난만한 어린아이를 낳는다

그의 유연한 출렁임은 바다
그는 대지로부터 몸을 해방시키며
머지않아 구름 속으로 사라질 물방울

인생의 접힌 주름들
하나같이 춤이 되어 태어나고
그는 점점 가벼워져 간다

조르바,
그에게 춤은 자유
언어 밖의 언어
힘에의 의지
유쾌한 농담

조르바,
그가 손짓한다
"춤출래요? 춤춥시다!"

뜨락의 햇살 같은 시

이동훈(시인)

1. 자연을 품는 온도

이상화 시인의 생가이자 찻집인 라일락 뜨락에서 백우인 시인을 처음 만났다. 오랜 우인(友人)을 대하듯 정다운 느낌이었다. 뜨락 주인까지 셋이 수다 삼매에 빠져있는 중에 날은 어두워지고 한 번씩 밖을 내다보면, 라일락나무 어른의 기침 소리가 험험 들린다. 이백 살은 되어 보이는 라일락나무는 이 집의 실세다. 내가 들은 소문으로는, 집주인과 라일락나무는 서로의 버릇을 길들이고 있는 중이다. 여느 나무와 다르게 중력과 타협하듯 옆으로 자라는 라일락나무를 훔쳐보며, 시인의 말을 좋게 듣는다.

놀랍게도 시인의 시야는 자연, 인문, 과학, 철학, 신학에 두루 미치고, 그 사이를 꿰뚫는 듯한 말들은 중력을 뚫고 원심력을 최대한 밀고 나가는 힘이 있다. 그 힘의 뿌리인 구심점이 뭘까를 풀어보는 게 나에게 주어진 숙제 같기도 한데, 그 전에 이 매력적인 작가가 하필이면 골방 샌님 같은 내게 발문을 부탁해왔는지 의아할 뿐이다. 시인의 말인즉, 나한테 흙냄새가 나서 그렇다고 하니 그 말에 안도하기도 그렇고, 자랑으로 내세우기엔 더 그렇고 해서 어정쩡한 마음이 되고 만다.

　그런 중에 잔머리를 굴려서 내가 하는 일이란 흙냄새 나는 시 한 편을 먼저 찾는 식이다.

　미풍이 불어요
　파란 하늘에는 붉게 물든 그대가 있습니다 그대는 숨소리도 부드러워서 그대 호흡 속으로 빨려들어요 처음부터 하나의 호흡이었던 것처럼 친밀하고 따뜻한 그대입니다

　미풍이 불어요
　한 낮의 따사롭던 해가 식으면, 땅도 서늘하게 식어갑니다 온기가 사위어가는 저녁나절엔 나무 그림자도 길게 눕습니다

　그대가 미치도록 보고 싶은 날에는 나무들 사이를 걷습니다 그대는 나무로 서 있고 다가서는 나를 밀어내지 않습니다. 태초의 시간부터 그대는 회화나무였던가 봅니다

　미풍이 불어요
　내가 걷는 그 길은 그대가 있는 곳을 향하도록 되어 있었나 봐요 그대는 어느 때고 내가 올 것을 알았다는 듯이 반갑게 맞아주려 두 팔을 벌리고 있지요 그대에게 와락 파고들지 못하는 마음이 설웁기만 합니다
　　　　　　　　　　　　　　　_「회화나무와 미풍」 전문

언젠가 내게 "당신의 나무는 뭔가요"라고 질문해온 사람이 있었다. 백석에게 갈매나무, 김용준에게 감나무, 도연명에게 버드나무, 제제에게 라임오렌지나무처럼 특별한 사연과 인연이 있는 나무를 염두에 둔 말일 것이다. 인생의 나무, 나는 머뭇대며 나무 이름을 바로 대지 못했지만 앞서 언급한 뜨락 주인 같으면 라일락나무를 언급하겠고, 백우인 시인에겐 회화나무일 수도 있겠다.

시인에게 회화나무는 "처음부터 하나의 호흡이었던 것처럼 친밀하고 따뜻한 그대"로 인식되는 존재다. 회화나무와 시인은 한 호흡을 가졌다고 말할 만큼 거리감이 없다. 매양 그 자리에 있는 나무에게 다가설 때마다 너른 품의 회화나무는 한 번도 밀어내는 일 없이 안아준다. 시인은 자신의 걸음이 애초부터 궁극까지 회화나무를 향해 있음을 깨닫는다. 시인의 회화나무는 무정물의 단순한 나무 한 그루가 아니라 자신의 품에서 생명을 낳고, 놀게 하고 마침내 귀의하게 만드는 자연과 등가물인 셈이다.

그런데 시인은 결구에서 보듯 회화나무 어른의 품으로 바로 뛰어들지 못한다. 자연 앞에서 멈칫하는 꼴이다. 한통속이어야 할 회화나무에게 빚진 듯한 마음이 있어서일까. 회화나무로 대변되는 자연을 함부로 대하고 훼손시키기까지 하는 인간들을 대신해서 미안한 마음이 들어서일까. 사실, 자연으로 가는 길이 마냥 쉬운 것 같지는 않다. 그 길은 온갖 인위적인 것을 내려놓지 않고서는 안 될 일이기 때문이다. 인위적인 것은 욕망과 연결되어 있고, 욕망은 더 나은 삶에 대한 지향으로 포장되기도 하지만 결국 자본주의 하의 이익 추구와 무관하지 않다고 보는 게 일반적 시각일 것이다.

흔히 예술가들은 무용한 것, 하찮은 것에 관심을 갖는다는 말도 있지만 자연은 무용하지도 하찮지도 않다. 욕망을 껴입은 사람들에게 무용해 보이고 하찮아 보일 뿐이다. 시인은 그 욕망의 허위를 벗고 자연으로 가는 길에 있고자 한다. 자연을 벗 삼는 길은 설레고 기껍다. 그런 마음이 회화나무에 부는 미풍으로 표현된 것일 테다.

이 시집엔 회화나무 외에도 등나무, 이팝나무 등 수목이 등장하고 용담꽃, 시계꽃 등 풀꽃이 주연급으로 출연한다. 굴뚝새, 뜸부기 등 새들의 비밀스런 사연도 소개되어 있다. 이 중 「이팝나무 연가」를 볼 것 같으면, 시인은 그리움의 온도가 실릴 때까지 이팝나무를 쓰고 불러보는 일에 열중하겠단다. 이팝나무 한 그루를 생명 가진 존재자로서 평등하게 바라보고, 그 생명이 하나의 소우주이기도 하다는 생태주의적 인식이 시인 내면에 깊이 스며있는 줄 알겠다. 자연에 대한 그리움을 재는 자나 눈금이 있다면 시인이 보여준 온도는 따스하고 아늑한 어느 지점에 가 닿아 있을 것이다.

2. 상처 입고 소외된 이웃 공동체를 품는 온도

자연을 품은 시인의 감성을 따라가다 보면, 시인이 작고 보잘것없는 존재에 강한 애착을 갖고 있음을 어렵지 않게 만날 수 있다. 회화나무도 라일락나무도 좋지만, "돌 틈에 피어난 작은 꽃"(「꿍꿍이꽃」)에 오래 머무른다. 꿍꿍이꽃이란 이름이 실제 있는 것이 아니라, 작아서 남에게 쉽게 눈에 띄지 않지만 눈망울 반짝이며 순하게 또 야무지게 살아가는 친구들의 별칭이다. 암만 작아도 꿍꿍이 꽃이 주는 기쁨은 천지에 터지는 불꽃놀이가 같단다.

그러나 그런 기쁨을 앗아간 사건을 시인은 애써 기록해둔다. 2014년 4월 16일, 제주의 봄을 만나려고 했던 단원고 학생 250명을 포함

한 304명의 무고한 목숨들이 세월호와 함께 가라앉았다. 시인은 그 「봄날의 기억」을 들추며, "개나리 노란 꽃잎이/ 비에 젖어 떨어지는 모습"을 아프게 응시하고 기록한다. 지난 시간을 버리고 그 속의 사람도 잊고 무심히 지나가는 게 세월의 습속이라지만 세월호의 세월만큼은 그냥 보낼 수 없다. 여태껏 치유되지 않고, 새로 상처를 더하기까지 하니 더욱 그럴 테다. "기억의 불"(「망각의 은총」)을 자주 꺼뜨리는 시인이지만 세월호의 상처는 시인에게 남의 일이 아니다.

캄캄한 목마름에 소스라치게 놀라는 심장
수레에 깔린 질경이의 일어섬 같은 몸부림
생이 멎어가는 노오란 별들
외마디 비명마저 삼켜지는 원한
나는 네가 아프다

_「나는 네가 아프다」 부분

세월호 희생자의 아픔은 눌리고 밟혀도 어떻게든 일어서려고 애쓰는 질경이의 강인한 생명력을 더는 연습하지 못하는 데 있다. 다음 생을 알 수 없는 상황에서 한 번 주어진 귀한 시간과 인연을 다 살지 못하고 비명에 간 아이들의 원망과 그 아이를 가슴에 묻어야 하는 부모의 원한에 대해선 어떤 말을 빌려서도 형용하기 어려울 것이다.

무엇보다 안타까운 일은 각박한 세상살이에 지치거나 마음의 여유를 갖지 못한 사람들이 유족들의 상처를 덧나게 하는 경우다. 아픔을 위로하고 나누는 일이 우선이고, 그런 다음 참사의 원인을 규명해서 이런 일이 되풀이되지 않도록 하는 조치가 따라야 할 텐데 7주년을 훌쩍 넘긴 지금에도 미심쩍고 미흡한 구석이 여전히 남아 있다.

시 쓰는 사람의 도리를 얘기하면서 남의 슬픔을 대신 울어주는 곡
비 같은 존재란 말도 흔히 듣게 되지만 그보다 더 바람직한 것은 진
실한 마음으로 함께 울어주는 태도일 것이다. 백우인 시인의 시에서
그런 마음결이 보인다. 시인은 작고 보잘것없는 존재에 대한 응원에
이어 고통과 슬픔에 대한 연대로까지 나아간다. 이런 태도는 삶을 바
라보고 이해하는 개인의 세계관과 결부되어 있을 것인데 다음 시에
서 명징하게 드러난다.

사소한 순간들
모아져 쌓이면
멋진 것을 낳지

무심한 순간들
스치고 닿으면
영롱한 것이 반짝이지

희미한 순간들
긁어다 펼치면
당돌한 것이 생글거리지

덮어둔 순간들
끌어다 품으면
짭조름하게 침이 돌지

단단한 침묵의 밤
무릎 모아 웅크리면

맑은 햇살 문 두드리지

모든 게 퇴비야

_「살기 천재」 전문

이 시집의 서시(序詩) 격인 「살기 천재」는 삶과 시를 대하는 시인의 뜻을 선언한 것이나 마찬가지다. 사소하고 무심하게 지날 만한 것에 애정을 갖고 그것들이 영롱하게 반짝이게 하고, 희미하거나 덮어둔 것에서 진짜배기를 가려 맛과 멋이 나게 한다는 것이다. 심지어 "단단한 침묵"의 시간조차 달게 받아서 결국 "맑은 햇살"의 환대를 받기에 이른다. 시인에게 천재는 머리 좋은 사람이 아니다. 사소하게, 무심하게, 희미하게 지나는 시간과 그 시간 속 존재들의 부대낌을 함께 끌어안으며, 이런 수고로움을 좋은 세상을 위한 "퇴비"로 인식하는 사람들이야말로 이 땅의 빛나는 천재들이다.

『씨앗은 힘이 세다』는 책도 있었지만 그 씨앗은 땅과 거름이 키운다. 온전한 생명을 품고 마침내 풀이 되고 나무가 되고 꽃이 되고 열매가 되는 성장 스토리엔 거름이 한몫을 단단히 하는 것이다. 풀, 짚에 똥오줌까지 섞은 퇴비에 인상을 찌푸리는 초보 농부도 없지 않으나 자신이 또 자신이 사랑하는 것들이 그런 거름에 빚진 인생인 줄 알아가면서 외면했던 그 향기를 폐부 깊이 들이고 반기게 될 줄 안다. 일 밭을 일구고, 시 밭을 고르는 시인이 퇴비의 의미를 전면에 내세웠다는 건 스스로 거름이 되는 삶을 지향하는 자기정체성의 표현으로 보아도 무방할 것이다.

남에게 도움 되는 삶이고 싶은 시인의 마음은 「세상이 노랑부리저어새로 태어나는 날」에서 너의 희망을 찾아서 꺼내주려는 마음으로 나타나고, 「용담꽃 얼굴 아침이 도착하는 때」에서 "누군가 내게 던져 준 아침을/ 밝은 햇살얼굴로 기쁘게 지낸 다음/ 또 누군가에게 교대 해 주어야지"하는 마음에서도 확인된다. 실제로 파란 보석을 연상케 하는 용담꽃은 저 잘난 줄 모르고 주변을 환하게 만드는 생기발랄한 재주꾼 같기도 한데 시인의 이미지도 꼭 그러하다. 이웃 공동체를 품 는 시인의 내면 온도는 한 걸음 한 거름 향기롭게 익어가는 중이라고 기록해둔다.

3. 모험과 자유를 사는 온도

자연과 이웃을 적정 온도로 품었던 시인은 온도 눈금을 더 올려 모험을 살고 싶어 한다. 시인이 서울에서 대구까지 라일락 뜨락을 찾아온 여행도 일종의 모험이다. 낯선 곳, 낯선 사람을 대하는 설렘과 이후 마음에 남게 되는 잔상을 여행의 묘미로 꼽는 사람이 많다. 뜨락에 온 시인이 먼저 시선을 준 곳은 정원의 쑥부쟁이었고, 가장 신나서 얘기한 것이 새 이야기였다. 시인과 내가 같이 흥분했던 것은 퇴고 과정에 빼버렸다가 다시 돌아온 샤갈 그림에 대한 이야기였고, 함께 좋아한 것은 『그리스인 조르바』이야기였다. 그러고 보면, 마음의 파고를 높이면서 자신을 변화시키기도 하는 진정한 여행은 책 읽기에서 비롯된다는 생각도 든다. 내게서 흙냄새를 맡던 시인에게서 지독한 독서광의 냄새가 난다.

크레타섬으로 떠나는 '나'를 따라가 본다
나는 새로운 삶을 살고 싶은 '나'다

머뭇거림을 벗고
쏟아지는 소나기에 온전히 내어 맡기듯
맨몸으로 날것의 경험을 하고 싶었던 '나'는
퇴화하려는 더듬이를 하나씩 하나씩 펼친다

만나는 모든 것들은 온도로 감지된다
'내' 앞에
초신성폭발 직전의 온도를 발산하며
빛을 내는 그가 있다
'조르바'다

'진짜'라는 단어가 떠오를 만큼
그가 보고 느끼고 생각하는 모든 것들은 빛을 내고 있다
그의 온도는 늘 지표면을 뚫고 올라올 마그마 같은 기세다
감추고 머뭇거리는 법이 없다
너무 뜨거워서 스스로 녹아내릴 것만 같아 위험하다

조르바
그가 기뻐한다 초록빛이다
광기에 휩싸인 사람처럼 춤을 추는 걸 보면 알 수 있다
조르바
그가 슬퍼한다 붉은 빛이다
눈망울 큰 소의 눈에 홍수가 난 걸 보면 알 수 있다
조르바
그가 전율한다 파란 빛이다
산투르를 온몸으로 연주하는 걸 보면

그의 심연 어딘가에 파동이 일어난 것을 알 수 있다

조르바
그는 매 순간
그의 온도를 색으로 표현하는 정직한 자유인이다
'나'는 조르바
그에게서 홍염처럼 뿜어져 나오는 자유의 온도를 본다

_「조르바—자유의 온도」 전문

니코스 카잔차키스의 소설 『그리스인 조르바』는 시인의 말마따나 '나'와 '조르바'의 이야기다. 영원을 믿는 '나'는 자기가 가장 사랑하는 것(국가, 하느님, 붓다 등)으로부터 영원을 발견하기를 희망하며 책 읽기를 통해 자신의 꿈을 완성해 가려는 인물이다. 반면에 조르바는 이성보다는 순간의 감성에 따르고자 하며 책보다는 행동을 통해서 자신을 시험하고 자기식으로 앎을 키워 나가는 인물이다. 개인적으로 예전에 끼적거린 책 후기를 보니, 공부와 사색을 통해서 얻는 지식도 소중하지만 그 이상으로 직접 부딪쳐서 얻는 경험도 그러할 것인데 서로의 모자란 점을 채우고 서로를 깨우치는 둘의 우정이 시사하는 바가 크다고 메모해두었다.

시인의 시각과 내 시각이 별반 다를 바 없지만 소설 속 '나'를 따라가 보는 시인은 좀 더 조르바에게 기울어져 있는 눈치다. '나'는 자신의 한계를 깨닫고, 새로운 삶을 희망하며 맨몸으로 날것의 경험을 하고 싶어 하는데 조르바는 그걸 온몸으로 살고 있으니 말이다. 세 가지의 빛깔과 마그마의 온도로 표시되는 게 조르바의 매력이라면, 이처럼 자신이 받은 인상을 다른 걸로 바꾸어 유효적절하게 표현할 줄

아는 것은 시인의 매력이 아니고 뭐겠는가.

시인이 페북에 살짝 공개했던 꿈 모음에 '책 쓰기' 등과 함께 '댄스 배우기'도 있었던 기억이 난다. 소설 마지막에 조르바는 중력에 저항하듯이 춤을 추고, 그 자유의 몸짓에 '나'도 동참한다. 그리스어 원문엔 어찌 쓰였는지 모르겠지만 '중력'이 기존의 이념이나 관습, 또 거기에 얽매여 사는 정신이라면 그걸 박차고 나가는 것은 모험이고 자유다. 시인은 '그'로 통칭되는 조르바를 마지막엔 '나'는 조르바라고 고쳐 언급했다. 이때의 '나'는 소설 속 인물이면서 동시에 시인 자신일 것이라는 생각도 든다. 시인은 모험을 두려워하지 않는다. "그 순간 너머를 향해 곧장 몸을 날리는 타나토스"(「날갯짓하는 새떼들은 암시랑토 않다」)의 정신이 조르바와 시인을 잇고 있는 것이다.

시인이 나보다 더 조르바에게 기운 것처럼 얘기했지만 그렇지 않을 수도 있겠다. 나는 소설 속 '나'와 조르바 사이에 기계적 균형을 취하려 했을 뿐이지만 시인은 「시계꽃 길에 부는 미풍」에서 인생의 수레바퀴 하나를 칸트에게 또 다른 하나를 니체에게 맡긴, 차가운 이성과 뜨거운 감성의 고삐를 함께 그러쥔 조화로운 모습을 보여주고 있으니 말이다.

시인은 과학 실험 도구가 있던 자신의 공부방을 랩(Lab)실로 이름 지었고, 랩실 창문께에 와서 수다 떠는 새에 대해 말하면서, 작고 상처 입은 것들을 위해 뭔가를 하고 싶다는 말도 남겼다. 페이스북 등에 소개된 시인의 산문에서 느꼈던 깊이와 재미에다 시인의 소망을 들으면서 한국판 『랩걸』(호프 자런)이 써지는 건 시간 문제이겠구나는 생각이 들었다. 시인의 이번 시편들은 산문의 뿌리가 되는 차진 알맹이고, 지금껏 살아온 서사를 압축적으로 보여준 굉장한 사건이기도 하다. 또한 이 사건에 발을 들이는 독자들도 큰 즐거움을 얻어 가리라 믿는다.

시인의 첫인상과 첫 시집은 뜨락이나 랩실에 비치는 투명한 햇살을 닮았다. 이 햇살의 적정 온도를 달리 표현할 말을 찾다가 생각을 바꾼다. 그대 가는 길에 "마음 한 조각 놓고 가고 싶어서 미적거리는 미풍"(「빈 섬에 부는 미풍」) 정도라도 그냥 좋으니까.

사랑과 그리움으로 번져오는 삶의 떨림과 존재의 울림
백우인의 시세계

유성호
(문학평론가, 한양대학교 국문과 교수)

1. 서정시 제일의적 기율로서의 회상과 기억

백우인의 시는 삶의 떨림과 존재의 울림이 균형을 이룬 실존적 고백록으로 다가온다. 그 세계는 대상을 향한 사랑과 그리움에서 오는 어떤 파문과 같은 것이다. 그리고 잃어버린 대상에 대해 올리는 애도의 마음도 강렬한 향기를 품고 있다. 이번 시집에서 단성적 목소리가 아니라 다성적 음향이 번져오는 것도 그러한 언어적 복합성에서 기인하는 것일 터이다. 원래 서정시는 지난날을 응시하고 표현하는 시간 형식의 장르인데, 백우인은 지나온 시간에 대한 자신만의 회상과 기억으로 서정시 제일의적 기율을 한껏 충족해간다. 아닌 게 아니라 그의 시는 이러한 원리에 매우 충실한 사례로서 삶과 사물에 일관되게 시간의 깊이를 부여해가는 적공(積功)을 보여준다. 신산한 세월을 살아온 이의 치열한 시정신까지 담아내면서 백우인은 오랜 시간

축적해온 경험을 깊은 사유와 감각으로 증언해가는 시인으로 도약한다. 그리고 그는 자신이 살아온 시간을 단순하게 반영하는 데 머무르지 않고 그 세계를 해석하고 판단하면서 궁극적으로 삶의 가장 궁극적인 근원에 대해 묻고 있다. 이번 시집은 그러한 사유의 종착역에서 새로운 신생을 암시하는 뜻 깊은 실례라 할 것이다. 이제 그 회상과 기억의 세계로 한 걸음씩 들어가 보도록 하자.

2. 춤의 자유, 리라(lyra)의 선율

먼저 백우인은 '춤'과 '음악'의 자의식을 통해 가장 자유로운 실존을 열망하고 구가해가는 시인이다. 서정시에 담기는 그러한 속성은 이를테면 자연의 리듬에서 상상되고 전이되고 유추된 것을 폭넓게 함축한다. 낮과 밤, 밀물과 썰물, 천체나 계절의 움직임 등에서 우리는 고유한 자연의 리듬을 찾을 수 있고 우리 몸의 맥박이나 걸음걸이에서도 특유의 원초적 리듬을 발견할 수 있다. 리듬은 이같이 자연 일반의 원리이고 그것이 인간의 욕망을 반영한 결실로 나타나면 시의 예술적 속성을 이루는 것일 터이다. 그리고 이 모든 과정은 우주와 몸의 복합성과 다양성 때문에 나타나는 필연적 현상인 셈이다. 백우인의 시에 나타나는 예술적 속성은 우주 현상과 자연의 리듬을 언어의 강약, 명암, 생멸의 물질성으로 환원한 것이라고 할 수 있는데, 시인은 춤과 음악으로 이어져가는 언어를 통해 가장 자유롭고 위대한 영혼을 꿈꾸는 사제(司祭)로 거듭나고 있다. 다음 작품을 한번 읽어보도록 하자.

그가 팔을 펼치면
수만 개의 깃털 돋은 새를 낳고
발뒤꿈치를 들어 솟아오를 때에는
천진난만한 어린아이를 낳는다

그의 유연한 출렁임은 바다
그는 대지로부터 몸을 해방시키며
머지않아 구름 속으로 사라질 물방울

인생의 접힌 주름들
하나같이 춤이 되어 태어나고
그는 점점 가벼워져 간다

조르바,
그에게 춤은 자유
언어 밖의 언어
힘에의 의지
유쾌한 농담

조르바,
그가 손짓한다
"춤출래요? 춤춥시다!"

_「조르바, 그의 춤」 전문

세계 명작으로 오롯한 위상을 누리고 있는 카잔차키스의 장편소설
『희랍인 조르바』는 안소니 퀸이 출연한 영화로도 유명하고 소설에 등

장하는 묘비명으로도 끝없는 파생적 사유를 만들어내는 작품이다. 그리고 그 안에 흐르는 에너지는 '자유'라는 랜드마크라고 할 수 있다. 백우인 시인은 소설 혹은 영화의 핵심을 따라가면서 조르바가 자유의 화신으로 거듭날 수 있었던 예술 양식으로서의 '춤'을 재현한다. 팔을 펼치면 새를 낳고 발뒤꿈치를 들어 솟아오르면 어린아이를 낳는 조르바 춤의 유연한 매직은 그 자체로 바다가 되기도 하고 대지로부터 몸을 해방시키는 예술의 극점이 되기도 한다. 그때 인생의 주름들은 춤으로 태어나고 점점 가벼워진 조르바의 춤은 그 자체로 '자유'가 되고 "언어 밖의 언어"가 되며 "힘에의 의지/유쾌한 농담"으로 의미를 확장해간다. 이어지는 "춤출래요? 춤춥시다!" 하는 권면은 예술적 자의식에 바탕을 둔 '시인 백우인'의 독백이기도 할 것이다. 여기 나열된 '언어 밖의 언어[言外言]'나 '유쾌한 농담' 등은 '시(詩)'의 존재론을 함의하고 있기도 한데, 그렇게 백우인의 시는 "진리가 춤추는 곳"(「달이 뜰 때쯤에」)에서 "날아오르고 또 날아올라"(「마주 잡은 손이면 되지요」) 가닿는 지점에서 발원하는 세계일 터이다. 그렇게 "보고 느끼고 생각하는 모든 것들은 빛을 내고"(「조르바-자유의 온도」) 있는 순간을 담으면서 시인은 "다채로운 퍼포먼스가 펼쳐지는 마술사의 세상"(「하늘 놀이터」)을 펼쳐내고 있는 것이다. 다음은 어떠한가.

그대가 보고픈 날
나는 다락방이 되곤 해
다락방이 된 마음
달에 남겨둔 덩그란 매의 깃털이지

깊어진 늪지 눈빛 너
노랑부리저어새가 되고 싶은 나
쉼 없이 좌우로 부리 저어
내가 찾고 있는 것은
언젠가 떨어뜨린 너의 희망이야

겨울 하늘 거니는 홍학
산통을 겪느라 회색빛으로 야위고
하얀 솜털가루 날리는 하늘
백색 소음 같은 신음
무엇인가 태어나려고 하는가 봐

마른 침을 삼키는 나무들
길게 누워 금줄 뜨락을 만드는 그림자
시간에 늘어뜨려 걸면
아폴론의 리라 선율이 귓가에 들려

검은 눈
잘 다듬어진 검은 다리
때 이른 개나리꽃 물들인 부리
맨살 세상이
하얀 겨울 깃을 쓴
노랑부리저어새가 되었어
네 희망을 꺼내 주려는가 봐,
곧

                     _「세상이 노랑부리저어새로 태어나는 날」 전문

이번에 시인은 '노랑부리저어새'라는 드물게 아름다운 심상을 불러온다. '너/그대'라는 2인칭은 "깊어진 늪지 눈빛"을 가지고 있고 '나'는 노랑부리저어새가 되어 쉼 없이 부리를 저어 "언젠가 떨어뜨린 너의 희망"을 찾아간다. 더불어 시인은 겨울나무 그림자를 시간에 걸어둔 채 "아폴론의 리라 선율"을 환청처럼 듣고 있다. 눈에 선한 잔영으로 남은 노랑부리저어새의 모습과 귓가에 들려온 리라의 선율이 "네 희망을 꺼내주려는" 순간으로 다가온다. 이때 세상이 노랑부리저어새로 태어나는 날이야말로 '시인 백우인'이 태어나고 확장해가는 순간이 되어주고 "아폴론의 리라 선율"이 파동처럼 퍼져가는 순간이 되어준다. 두루 알다시피 '리라(lyra)'는 고대 그리스의 현악기로서 성서에는 '수금(手琴)'으로 번역된 악기다. 그리스 로마 신화에서는 헤르메스 신이 어렸을 때 발명하여 아폴론에게 주었다고 한다. '서정시(lyric)'의 어원(語源)이 바로 여기서 비롯되었는데, 아닌 게 아니라 백우인 시인은 조르바의 '춤'과 함께 아폴론의 '리라'를 자신의 호환할 수 없는 시적 자산으로 삼아간다. 춤과 음악의 경쾌함을 따라 우리도 "비현실적이게/서정적인 저녁"(「겨울 들판 하늘」)을 맞기도 하고 "빛들이 자연에게 평화가 되는 시간"(「새 날」)을 누리기도 한다. 모두 "아직 한 번도 본 적 없는 희망을 새로 쓰게 되는 날"(「느닷없이 오는 너는 내 미래다」)을 예견하게끔 해주는 순간이 아닐 수 없을 것이다.

이처럼 백우인 시인은 춤과 음악의 극점에서 시인으로서의 존재론을 발견해간다. 동작과 소리의 미학을 결속하면서 자신을 새로운 가인(歌人/佳人)으로 구현해간다. 실제로 시인이 가지는 예술적 자의식과 미학적 성취 과정은 처음부터 동궤(同軌)의 것이었는지도 모른다. 그가 자신의 언어에 이러한 구심력을 지속적으로 부여해온 것 역시 그 때문이었을 것이다. 그만큼 백우인의 시는 예술의 자유와 아름다움을 핵심 원리로 하는 성과물로 오래도록 기억될 것이다. 몸의 움직임과 현(絃)의 소리에서 나오는 서정시를 열망하면서 그는 예술적 환영(illusion)으로 우뚝하다.

3. 공동체의 기억을 향한 애도(哀悼)의 시학

원래 서정시의 저류(底流)에는 시인 스스로 오랫동안 겪어온 경험과 기억이 담겨 있게 마련이다. 그러나 그 대상이 공공성을 가짐으로써 존재의 확산을 가져오는 경우도 있을 것이다. 물론 이러한 확산은 타자를 포함하면서도 다시 스스로에게로 돌아오는 귀환 과정을 필연적으로 거느리게 된다. 백우인의 시는 이러한 확산의 원심력과 회귀의 구심력을 동시에 보여주는 실례라고 할 수 있을 것이다. 그때 그가 노래하는 공동체의 기억 안에는 스스로를 향한 반성적 요소와 함께 과거 시간을 재현하여 현재형에 이르게 하는 유추적 상상력이 깊이 매개하고 있다. 이는 현재를 '기억'과 '예기(豫期)' 사이의 긴장으로 파악한 랭거(S. Langer)의 견해를 떠올리게 한다. 이처럼 백우인의 시는 개인과 공동체의 기억을 동시에 안아들이면서 자신의 목소리가 세상의 작고 낮은 이들에게 아득하게 퍼져가기를 열망한다. 그러한 기율에 맞게 백우인의 시는 공동체의 기억을 소환하여 그것을 향한 깊은 수심(水深)의 애도(哀悼)를 수행한다.

사랑을 시작한 이의 눈망울 속에는
작고 연한 분홍빛 벚꽃나비가 날갯짓을 한다
바람에 날아와 살포시 내려앉던 꽃잎들

사랑을 시작한 이의 몸에서는
온통 연보랏빛 라일락 향이 난다
라일락 꽃 피어 있는 오솔길을
매미처럼 그이의 팔에 매달려 걸었다

사랑을 시작한 이가 부르는 노래는
수줍은 백목련 봉오리에 적힌 편지다
마음을 고백하는 달콤한 노랫말을 부르며
살짝이 그이의 감정을 담았다

사랑을 시작한 이의 발은
초록 신을 신은 듯 고운 풀빛이다
들로 산으로
까치들처럼 수다하며
풀길에 웃음을 뿌렸다

사랑을 시작한 이의 봄날 기억은
잠기는 배와 떨어지는 별들과
노란 리본이다
개나리 노란 꽃잎이
비에 젖어 떨어지는 모습에서
힘없는 손짓으로
창백한 숨결로
아득한 부르짖음으로
나부끼는 눈물을 보았다

_「봄날의 기억」 전문

원래 '봄날'은 가장 밝고 아름다운 시작을 알리는 알레고리로 풍부하게 원용되어온 이미지이고, 고통스러운 현대사에서는 가장 잔혹한 죽음들이 이어져간 상징으로 널리 소환되어온 계절적 배경이기도 하다. 여기에 시인은 '봄날의 기억' 하나를 더한다. 봄날의 주인공은 작고 연한 분홍빛 벚꽃나비가 날갯짓을 할 때 "바람에 날아와 살포시 내려앉던 꽃잎들"이다. 그런가 하면 시인은 연보랏빛 라일락 핀 오솔길을 걷거나 백목련 봉오리에 적힌 편지처럼 자신의 마음을 고백하는 것도 "사랑을 시작한 이"가 수행하는 세목임을 고백한다. 그때 시인은 비로소 "잠기는 배와 떨어지는 별들과/노란 리본"을 떠올린다. 이제 봄날의 기억은 "개나리 노란 꽃잎이/비에 젖어 떨어지는 모습"이나 "아득한 부르짖음으로/나부끼는 눈물"로 이어지면서 한 시대의 거대한 비극을 순간적으로 호출하게 된다. 그렇게 '봄날의 기억'은 "외로운 벼랑으로 걷는"(「소진」) 거대한 고독의 시간을 응축하면서 "눈으로 만나 눈으로 들여와 너와 하나가 되었던 기억"(「눈」)을 선연하게 안아들이게 된다. 그리고 우리는 시인의 기억이 덧나면서 아름다워지는 상처들을 품고 있음을 알게 된다. 백우인 시인의 시선과 눈망울이 "씨방 깊숙하게 넣어둔 씨앗"(「어때서?」)처럼 크게 다가오는 순간이다. 이 모든 것이 "사랑을 시작한 이"가 하는 일인 셈이다.

문득
얼굴 하나가
물방울처럼 동글거리면

"잘 지내는 거지?"
되돌아오지 않을

안부를 묻는다

한참을
길게 누운 그림자와
자갈길 같은 마음을 걷고 있을 때

"응"
주머니 속의 온기가
대답을 한다

가만히
커피 잔 속에
하나씩 하나씩 기억들이 던져지고

"잘 지내"

향기롭게 삼켜지는 얼굴

그거면 되었다

_「안부」 전문

　이 시편은 그렇게 봄날의 기억을 각인해준 생명들에게 묻는 안부
처럼 다가온다. 문득 "얼굴 하나"가 물방울처럼 아른거릴 때 시인은
"잘 지내는 거지?"라고 말을 건넨다. 주머니 속의 온기가 그렇다고 대
답한다. 그 온기 덕분에 우리는 "하나씩 하나씩 기억들"을 되살릴 수
있다. "잘 지내"라는 말 속으로 향기롭게 삼켜지는 얼굴들을 가슴에

담으면서 시인은 "그거면 되었다"는 안도와 애도의 언어를 우리 모두에게 건넨다. 그렇게 "네가 돌아올 수 있도록 구심점이 되어줄"(「연과 나」) 말들이 "너보다 네 그림자 먼저 걸어 나와"(「볕 아래서」) 맞아주는 역설의 순간이 그려진다. 비록 대답이 돌아오지 않을지라도 시인은 "진실은 드러내면서 숨는 것"(「진실과 착시 사이에서」)이라는 믿음을 포괄하면서 그네들에게 안부를 전하고 있는 것이다.

이처럼 우리는 공동체의 기억 속으로 한없이 퍼져가는 시인의 목소리를 통해 우리의 생애 마디마다 박힌 어둠의 형상을 만나게 된다. 이때 그의 시가 불러낸 어둠은 감상적 슬픔에 머무르지 않고 가장 근원적인 의미에서의 비극을 각인시키는 힘을 보여준다. 그런데 그 운명과 같은 비극적 어둠은 시인이 진정성으로 수행해가는 애도의 숨결을 따라 치유의 맥락을 가지게 된다. 그래서 시인은 생애 내내 지고 왔던 기억의 짐들에 대해 천천히 너그러워지면서 이제는 조금씩 그 짐을 내려놓고 가벼워지려 하고 있다. 이러한 과정은 몸 속에 남은 고통의 기억을 한편으로는 되살리고 한편으로는 그것과 화해하는 힘에 의해 이루어지고 있다 할 것이다.

4. 사랑과 그리움 속에서 열망하는 삶의 회복과 치유

좋은 서정시는 현실과 상상 사이의 긴장을 통해 생성되고 발화된다. 따라서 한 편의 서정시에서 이성의 통제에 의해 파악되는 현실이나 감정 과잉에 의해 감싸여 있는 몽상은 인간의 복합적 인식과 정서를 단면적으로 반영한 것일 수밖에 없다. 그만큼 좋은 작품은 현실의 복합성을 재현하면서도 그것을 치유할 수 있는 꿈의 세계를 예비하여 현실과 상상의 접점을 암시해주게 마련이다. 백우인의 시는 우리를 둘러싼 현실과 그것을 치유하려는 상상 사이의 긴장에서 발원되고 있는 신생의 기록으로 자신을 증명해간다. 이러한 회복과 치유를 가능케 하는 시인만의 역량이 바로 사랑과 그리움에 의해 그 힘을 얻어간다. 말하자면 시인은 사랑과 그리움의 리듬 속에서 삶의 회복과 치유를 열망해간다 할 것이다.

돌 틈에 피어난 작은 꽃들은
그냥 지나치기가 쉽지 않다
잠시라도 쪼그리고 앉아 들여다봐야 할 것 같다

키가 큰 꽃들은
지나가는 길에 휘익 지나쳐 가도 발걸음을 붙잡지 않는다
향기만 묻혀 오고 꽃잎은 잔상에서 사라진다
양지 바른 길가에서
응달진 곳 꽃피우지 않는 풀들 속에서
여린 숨처럼 피어난 꽃들은 눈망울 가득 담겨온다

별을 품고 있는 아이들일까?
고양이가 된 듯 가장 낮은 자세로
작은 꽃들을 눈에 담고 있으면 침묵의 온도가 느껴진다
냉랭하고 차가운 침묵은 슬프다
검은 사멸을 떠올리게 한다
따뜻하고 온기 있는 침묵은 간질거린다
무언가 곧 쏟아져 나올 것만 같다

별을 가득 품은 꽃들

작지만 간질거리는 꿍꿍이 꽃들

불꽃놀이 하듯 기쁨을 뿜어낼 꽃들 속에서

너를 본다

_「꿍꿍이 꽃」 전문

시인은 "돌 틈에 피어난 작은 꽃들"을 지나치지 않고 잠시라도 쪼그리고 앉아 들여다본다. 그와 반대로 "키가 큰 꽃들"은 시인의 발걸음을 붙잡지 못한다. 그렇게 시인은 크고 단단한(macro hard) 존재자의 향기보다는 작고 부드러운(micro soft) 존재자의 여린 숨결을 눈망울에 담는다. 낮은 자세로 작은 꽃들을 눈에 담을 때 느껴지는 "침묵의 온도"는 무언가 곧 쏟아져 나올 것만 같은 순간을 허락하면서 별을 가득 품은 "꿍꿍이 꽃들"로 하여금 기쁨을 뿜어내게끔 할 것 같은 예감도 선사해준다. 그 안에서 비로소 발견하는 2인칭 '너'야말로, "내 길을 먼저 내어주는 너"(「그림자」)처럼, 시인이 기억 속에서 회복하고 치유하려는 궁극적 대상일 것이다. 마치 "씨앗들이 기다린 100년의 시간"(「바깥보다 더 밖」)처럼 오랫동안 바라보고 기다리고 간절하게 그리워한 "사소한 순간들"(「살기 천재」)이 '나'와 '너'의 멋진 생애를 관통해가고 있는 듯이 보인다. 그때 우리의 눈길 속으로 '미풍(微風)' 연작이 눈부시게 들어온다. 「자작나무와 미풍」, 「종이비행기와 미풍」, 「회화나무와 미풍」, 「시계꽃 길에 부는 미풍」, 「해를 낳는 하늘과 미풍」 다섯 편 작품군(群)에는 한결같이 "미풍이 불어요"라는 문장이 여러 곳에서 잠언(箴言)처럼 들려온다. 다만 「빈 섬에 부는 미풍」에만 그 문장이 없다. 이 아름다운 연작은 마음의 잔잔한 바람을 들려주면서 그리움의 시학에 최대치를 부여하는 역할을 한다. 그 가운데 한 편을 읽어보자.

미풍이 불어요
파란 하늘에는 붉게 물든 그대가 있습니다 그대는 숨소리도 부드
러워서 그대 호흡 속으로 빨려들어요 처음부터 하나의 호흡이었
던 것처럼 친밀하고 따뜻한 그대입니다

미풍이 불어요
한낮의 따사롭던 해가 식으면, 땅도 서늘하게 식어갑니다 온기가
사위어가는 저녁나절엔 나무 그림자도 길게 눕습니다

그대가 미치도록 보고 싶은 날에는 나무들 사이를 걷습니다 그대
는 나무로 서 있고 다가서는 나를 밀어내지 않습니다 태초의 시간
부터 그대는 회화나무였던가 봅니다

미풍이 불어요
내가 걷는 그 길은 그대가 있는 곳을 향하도록 되어 있었나 봐요
그대는 어느 때고 내가 올 것을 알았다는 듯이 반갑게 맞아주려 두
팔을 벌리고 있지요 그대에게 와락 파고들지 못하는 마음이 설웁
기만 합니다
_「회화나무와 미풍」 전문

미풍이 불 때마다 하늘에 보이는 "붉게 물든 그대"는 숨소리도 부
드러워 '나'와는 "처음부터 하나의 호흡"이었음을 알려준다. 저녁에
길게 누운 회화나무 그림자도 태초의 시간부터 '그대'처럼 서있었을
지도 모른다. 언제나 '나'의 길은 '그대'를 향했지만 '그대'에게 파고

들지 못하는 마음만 서럽게 남았을 뿐이다. 그렇게 '회화나무'와 '미풍'은 호혜적 존재증명을 이루어간다. 백우인 시인은 '미풍' 연작에서 "순도 높은 고백들이 지워지지 않아, 영원한 현재로 지속"(「자작나무와 미풍」)되는 순간을 노래하기도 하고, "만년필로 쓰여진 글자들은 마음에 영글어 있던 열매들"(「종이비행기와 미풍」)이었음을 고백하기도 하고, "바람이 불고 지나간 후의 여운처럼"(「빈 섬에 부는 미풍」) 펼쳐진 하늘이 "심장을 내놓을 때"(「해를 낳는 하늘과 미풍」)를 발견하기도 한다. 은은하고 아름다운 미풍과 뭇 사물이 연합하여 이루어낸 심미적 순간이 아닐 수 없다.

이처럼 시인의 감각과 사유가 품는 사물들은 가지런하게 그의 상상력 안에 들어서 있다. 그 안에서 회귀와 성찰의 과정을 보여주는 그의 역동적 상상력은 시인으로서의 존재론적 표지(標識)를 그려주면서 사물들로 하여금 조연이나 배경으로 떨어지지 않는 자율성과 개성을 지니게끔 해준다. 그만큼 사물 모두에게 저마다의 시선을 주는 시인의 따뜻하고도 섬세한 성정이 착실하게 만져진다. 물론 그러한 자연 사물을 향한 시인의 기억은 스스럼없는 활력으로 나타날 때도 있고, 희미하게 사라졌거나 흐릿하게 남은 잔상으로 다가올 때도 있다. 그래서 지금은 부재하는 것들을 소중히 안아들이는 애잔함과 그에 대한 강렬한 애착을 동시에 보여주는 것이다. 그 순연한 기억과 애잔한 서정의 파동 속에서 우리는 "밀물 같은 그리움"(「저녁」)을 느끼게 되고 나아가 "근사한 문장을 읽고 눈빛이 살아나는 날"(「생일」)에 이르는 아름다운 기억을 가지게 된다.

5. 가장 정갈한 그날의 시를 쓰고 있는 중

따로 실린 말에서 백우인은 등이 휘도록 흘린 땀이 언어가 된 '아버지'를 떠올렸다. 쟁기질로 드러난 붉은 속살의 흙은 '아버지'의 순하고 강직한 얼굴을 닮았다. 그 얼굴을 바라보면서, 낮은 자들을 보살피면서, 가장 깨끗하고 정갈한 시를 쓰고 있는 '시인 백우인'의 사유와 감각이 환하게 다가온다. 그러한 성취가 가능했던 것은, 그가 한편으로 자연과학을 기반으로 하는 사실성에 충실하였고 한편으로 신학을 전공한 이의 시선으로 획득해가는 초월성을 간직했기 때문일 것이다. 이러한 양축을 통해 백우인의 시는 절실하고도 남다른 자기 확인의 욕망을 보여주기도 하고, 고통스러운 반성을 동반한 성찰에 이르기도 한다. 그만큼 시인은 자신의 시선으로 사물의 고유성을 발견하고 그 응시의 힘으로 다시 삶의 자세를 성찰하는 원리를 지속해 간다.

요컨대 백우인 시의 이러한 회귀와 성찰의 양면성은 우리에게 서정의 원리와 이를 통해 확산해가야 할 서정시의 기율에 대해 깊은 암시를 던져준다. 그래서 백우인의 시쓰기는 사물의 구체성을 발견하고 그에 상응하는 시인의 상상적 반응을 함께 수행해가는 과정으로 요약될 수 있다. 물론 사물의 물질성에 갇히는 것이 아니라, 근원 지향의 시정신을 통해 삶에 대한 형이상학적 충동을 충족하려는 그의 시는 그 점에서 사물의 구체성과 근원 지향성을 잘 통합한 사례로 남을 것이다. 결국 우리는 백우인의 이번 시집을 통해 그가 '아버지'를 떠올렸던 가장 정갈한 그날의 시를 쓰고 있다는 사실과, 앞으로 그가 더욱 아름다운 시를 써갈 예감을 동시에 얻게 된다. 그래서 우리는, 사랑과 그리움으로 번져오는 삶의 떨림과 존재의 울림을 아름답게

담아낸 이번 시집의 성취를 딛고, 시인이 더 광활하고 자유롭고 심원한 세계로 나아가기를, 마음 깊이 희원해보는 것이다.

따스한 온도의 커피처럼…

전후석
(〈헤로니모〉, 〈초선〉 감독 / 『당신의 수식어』 저자)

고등학교 시절, 아버지께서 어느 날 〈죽은 시인의 사회〉를 빌려오셨다.

거실 바닥에서 별 생각 없이 TV를 응시하다 점점 몰입하여 마지막 장면에서 끝내 눈물이 뺨을 타고 흘러내렸을 때, 뒤 소파에서 같이 영화를 보시던 부모님에게 들키기 싫어 오랫동안 고개를 돌리지 않았다.

"우리는 인류의 일원이기 때문에 시를 쓴다. 의학, 법률, 경제, 기술 등은 삶을 유지하는데 필요해. 하지만 시와 아름다움, 낭만, 사랑은 삶의 목적인거야."

고1까지 국내 교육제도에서 신음하던 나는 영화가 내게 던진 '우리가 존재하는 이유'에 대한 물음에 처음으로 몸 안에 흐르는 피의 온도가 증가하는 것 같은 강한 끌림을 느꼈다. '카르페 디엠', 순간을 내 것으로 만들어 그 순간에 온전히 존재한다는 것. 존재와 시에 대해

월트 위트만 역시 덧붙인다.

> 오 나여, 오 생명이여, 수 없이 던지는 이 의문.
> 믿음 없는 자들로 이어지는 도시, 바보들로 넘쳐나는 도시…
> 의미는 어디서 찾을 수 있을까, 오 나여, 오 생명이여.
> 대답은 한가지
> 그것은 네가 여기에 있다는 것. 생명과 존재가 있다는 것.
> 화려한 연극은 이어지고 너 역시 한 편의 시를 선사할 수 있다는
> 것.
>
> _「오 나여, 오 생명이여」中

살아있기 때문에, 지금 이 순간에 존재하기 때문에, 열정을 느낄
수 있기 때문에 우리는 시를 남길 수 있다. 아니, 시가 될 수 있다. 백
우인 시인에겐 그런 존재의 몸부림이 있다. 그렇기에 그는 타인의 몸
부림 역시 인지할 수 있는 듯하다. 생명이 있는 모든 것들의 눈을 응
시할 수 있고, 그 눈빛 너머 존재하는 아픔을 어루만지고 싶은 연민
이 있는 듯하다.

> 더 이상 완벽할 수 없는 축제다
> 온통 세상의 향연이
> 그대 눈빛 속에서 펼쳐지고 있으니
> 그래서 시인은 사람의 눈빛이 제철이라고 했겠구나
>
> _「그대 눈빛이 제철이다」中

생동하는 생명체의 눈빛에 대한 그의 관심은 아마 환대의 정신에 뿌리를 두고 있지 않을까. 그의 환대 정신은 직관적이지만 동시에 지적이고, 거룩하기까지 하다. 하지만 그런 지적, 영적 함양을 그는 일상적 용어를 통해 단순화 시킨다. 그것은 타인과의 평등한 교감을 위한 배려이자 포용의 제스처일 것이다.

환대의 정신이 있기에 저 많은 꽃과 새들, 해와 바다, 달과 별을 친밀하게 응시할 수 있었을 것이고, 삶의 고결했던 순간순간마다 자신을 스쳐갔던 미풍의 떨림을 기억할 수 있었을 것이다. 어린 시절 시골 산골짜기에서 뛰어놀던 자신을 부르던 어머니에 대한 먹먹한 추억을 '비현실적이게 서정적'으로 승화하여 표현할 수 있었을 것이다. 광활한 우주와 원소 입자간의 은밀한 교감에 귀를 기울일 수 있고, 차가운 흑백 세상에 대해 무지갯빛 항변을 포효할 수 있었을 테고, 저승의 철학자들과 성인(聖人)들의 대화에 용감한 참견을 할 수 있었을 것이다.

나는 백우인 시인을 닮은 인사동의 '코트'라는 신비로운 예술문화 공간에서 그를 처음 만났다. 그는 바리스타의 모습으로 핸드드립 커피를 내리고 있었다. 그를 내게 '종교철학자'로 소개한 지인의 수식어와는 괴리감이 느껴지는 어떤 미지의 기운을 그는 내뿜고 있었다. 나는 그냥 맛있게 들이킨 커피를 그는 진중하게 만끽하며 그 안에 담겼을 흙내와 과일 향, 태양의 온도와 빗줄기 같은 것들을 떠올렸다. 그것은 가벼운 감상을 넘어 그가 느꼈던 감각의 원천에 대한 예찬이었다. 아, 그는 시인이구나.

그가 내렸던 커피처럼, 이 시집은 따스한 온도에서 자연의 향내를 품고 희노애락의 일화들을 때론 찬란하게, 때론 잔잔하게 펼쳐놓는, '존재함'에 대한 선사다. 마치 냉소적이고 어지러운 세상에서 우리가 찾으려했던, 그 '희망'을 찾아주는 '노랑부리저어새' 같은…